Franco Sup...
Musica Leggera
Roman

Franco Supino

Musica Leggera

Roman

Rotpunktverlag

Verlag und Autor danken dem Kanton Solothurn und dem Schweizerischen Schriftstellerinnen- und Schriftsteller-Verband ganz herzlich für die finanzielle Unterstützung.

Die Deutsche Bibliothek – CIP-Einheitsaufnahme:
Supino, Franco:
Musica Leggera : Roman / Franco Supino. - 1. Aufl. -
Zürich : Rotpunktverl., 1995
  ISBN 3-85869-126-7

September 1995. Erste Auflage. Copyright bei rpv. Alle Rechte vorbehalten.
Gesetzt in der Baskerville bei TypoVision, Zürich. Lektorat: Silvia Ferrari, Korrektorat: Geri Balsiger, Umbruch: Heinz Scheidegger, Umschlag: Manfred Ferrari, Druck und Bindung: Offizin Andersen Nexö, Leipzig.
Verlagsadresse: Rotpunktverlag, Postfach, CH-8026 Zürich, Tel.- + Fax-Nr.: +41/1/241 84 34.
Auslieferungen Schweiz: AVA (buch 2000); Deutschland: Prolit; Berlin und Umgebung: Rotation; Österreich: Herder.
ISBN 3-85869-126-7

Bitte verlangen Sie unser Gesamtverzeichnis!

»La poesia o il romanzo non hanno la forza di esprimere la nostra sentimentalità dispiegata, che è liquida e palpitante come quella degli adolescenti. La musica, sì.

Le canzoni sono gli stampi che noi riempiamo con le nostre passioni; sono gli stampi che imprimono, a lungo andare, la forma alle nostre passioni. Chi consuma musica leggera assimila più o meno consapevolmente, tutto un modo di concepire le vicende sentimentali.«

Gianni Borgna, Storia della canzone italiana

»Die Poesie oder der Roman haben nicht die Kraft, unsere entfaltete Sentimentalität, die rein und brennend ist wie die der Jugendlichen, auszudrükken. Die Musik schon.

Die Lieder sind die Schablonen, die wir mit unseren Leidenschaften füllen, sie sind die Schablonen, die mit der Zeit die Form unserer Leidenschaften bestimmen. Wer musica leggera konsumiert, nimmt mehr oder weniger bewusst eine bestimmte Art an, Gefühlserlebnisse zu erfassen.«

Gianni Borgna, Storia della canzone italiana

INTRODUZIONE

GIORGIO GABER *CHIEDO SCUSA SE PARLO DI MARIA*

> »*Chiedo scusa se parlo di Maria*
> *non nel senso di un discorso, quello che mi viene*
> *non vorrei che si trattasse di una cosa mia*
> *e nemmeno di un amore, non conviene.*«

Spät in der Nacht bin ich hellwach in einer fremden Wohnung. Ich trage Lieder zusammen, Lieder, die sich anhören lassen wie das Leben.

Es wird ein Konzert für Maria.

Mein Leben ist die Folge von Szenen, die in mir wach werden, wenn ich diese Musik höre. Ohne Musik erginge es mir wie einem, der im Kino statt Untertitel Lückentexte läse und auf eine schwarze Leinwand starrte. Die Lieder erwecken Bilder, und die Lücken im Text füllen sich mit Sinn. Was entsteht, nenne ich meine Erinnerung.

Ich bin unbeständig und verflüchtige mich jederzeit; wenn ich mich der Lieder bediene, gewinne ich Leben.

Lucio Dalla, Francesco de Gregori, Gianna Nannini, Pino Daniele, Edoardo Bennato, Antonello Venditti, Fabrizio de André, Vasco Rossi, Francesco Guccini, Zucchero Fornaciari, Teresa de Sio, Paolo Conte, Gianni Morandi, Adriano Celentano, Lucio Battisti, Gino Paoli, Franco Battiato, Mina, Milva, Vecchioni, Baglioni, Baccini, Bertoli, Berté, Oxa, Mannoia, Carboni, Jovanotti, Cocciante, Eros... und viele andere mehr, die es schon immer gab oder die jede Saison dazukommen. Ich habe, auch in der fremden Wohnung, stapelweise Platten, CDs und Musikkassetten bei mir, sie waren der Stoff für meine Stellvertretung. Manche werde ich in dieser Nacht antreffen, alle bilden sie dem Hintergrund.

»Ich bitte um Entschuldigung, wenn ich von Maria spreche,
nicht für ein Publikum, was mir einfällt
ich möchte nicht, dass es etwas Persönliches wird
auch nicht eine Liebesgeschichte, es gehört sich nicht.«

Es heisst, manchmal führe einem eine Melodie die Vergangenheit unmittelbarer und deutlicher vor Augen als eine Fotografie oder ein Film und oft erkläre ein Liedchen eine Epoche besser als ein Soziologietraktat. Das heisst, ich will auch verstehen. Die ausgewählten Lieder sind nicht wichtig, nur so wichtig, wie ein einzelner, z.B. ich, zu sein vermag. Zusammen und im Zusammenhang sollen sie helfen zu verstehen. Ich entschuldige mich bei allen noch schöneren italienischen Liedern, die ich nicht berücksichtige, sei's, weil sie mir entgleiten oder weil es mir nicht gelingt, sie einzupassen.

Ich halte mich an *Gaber* und möchte meine Sache nicht zu wichtig nehmen.

Es ist keine Liebesgeschichte, und ich habe kein persönliches Anliegen.

Ich habe ein grosses Herz, viel Musik und will verhindern, dass wir, Maria und ich, auf uns oder auf das eine oder andere Problem reduziert werden können.

Vielleicht ist es der Versuch, jemand zu sein, unabhängig von anderen, und es ergibt sich daraus, aufgrund unserer Muttersprachen, die Möglichkeit, mich, uns, eine Generation, eine Zeit, Orte, kaum Landschaften zu schaffen – Wort um Wort, Ton um Ton, Sprache um Sprache, Bild um Bild. Und es geschieht am Ende das Wunder, und nichts ist entschieden.

Ich habe *musica leggera* im Ohr, zum Beispiel *Giorgio Gaber:*

»Se sapessi parlare di Maria
se sapessi davvero capire la sua esistenza
avrei capito esattamente la realtà
la paura, la tensione, la violenza
avrei capito il capitale, la borghesia,
ma la mia rabbia è che non so parlare di Maria.«

»Wenn ich von Maria sprechen könnte,
wenn ich wirklich ihre Existenz verstünde,
hätte ich die Wirklichkeit genau verstanden,
die Angst, die Anspannung, die Gewalt,
ich hätte das Kapital, das Bürgertum verstanden,
aber meine Wut ist, dass ich nicht von Maria sprechen kann.«

IL PRIMO DISCO

1ª CANZONE: RICCARDO COCCIANTE *MARGHERITA*

2ª CANZONE: PAOLO CONTE *COME DI*

3ª CANZONE: DOMENICO MODUGNO *NEL BLU DIPINTO DI BLU*

4ª CANZONE: EDOARDO BENNATO *QUANDO SARAI GRANDE*

5ª CANZONE: BRUNO LAUZI *ONDA SU ONDA*

6ª CANZONE: FRANCESCO DE GREGORI *DUE ZINGARI*

7ª CANZONE: LUCIO DALLA *ANNA E MARCO*

La prima canzone

Riccardo Cocciante *Margherita*

Maria ist sechzehn, als sie Markus zum ersten Mal wahrnimmt. Sie besucht mit der Schule eine Landwirtschaftsmesse, eine jener Ausstellungen, die im schweizerischen Mittelland organisiert werden, um Staatsjubiläen zu feiern; wo Säue mit ihren Ferkeln im Stroh liegen, Männer als Melker gekleidet, das Melkstühlchen mit einem Ledergürtel an den Hüften festgebunden, an Milchkühen hinter Zäunen Melkwettbewerbe austragen, daneben gleichzeitig die neuesten Melkmaschinen ausgestellt sind; Mähdrescher, Erntemaschinen Spalier stehen; an Plakatwänden die agronomischen Berufe vorgestellt, in einem Videofilm der Unterschied zwischen herkömmlicher und biologisch-dynamischer Landwirtschaft erklärt wird, zum Beispiel, und bestimmte Besucher in einem bestimmten Alter so tun, als würden sie von alldem etwas verstehen.

Der Stand feiert das 500-Jahr-Jubiläum. Und wenn auch nur die wenigsten noch etwas damit zu tun haben, eine Landwirtschaftsausstellung gehört sich. Die beiden anderen Hauptveranstaltungen sind: ein Defilee (obligatorische Teilnahme für alle Schülerinnen und Schüler des Kantons) und ein Festspiel (dito obligatorischer Festspielbesuch).

*

Ich habe die CD aufgelegt und die Nummer 6 angewählt. So wird es gehen, von Lied zu Lied. Sofort ist es, als wäre ich dabeigewesen, ich könnte ja auch dabeigewesen sein, als Schüler in einer Parallelklasse Marias. Ich sehe zu dieser Musik wie in einem Film die Akteure in jener Zeit sich bewegen, sich aufeinander zubewegen. Cocciante vertragen nur Verliebte und solche, die sich vorstellen wollen, wie zwei sich verlieben werden.

*

Maria ist im Begriffe, auf einen Traktor zu steigen – ich sehe sie von hinten, erkenne sie an ihrer Frisur –, kletternd, auf halber Höhe balancierend, als eine Hand sie auf den Sitz des Traktors schiebt. Unerwartet berührt, zuerst erschrocken, dann wütend blickt sie sich um und scharf in das Gesicht von Markus, der seine Hand zurückgezogen hat und auf dem einen Rad des Traktors kniend über Marias Schulter hinweg irgend etwas am freigelegten Motor zu prüfen oder zumindest zu beobachten sich anstrengt.

Jetzt spürt er Marias Blick, springt, fällt vielmehr vom Rad, errötend, während ein Kollege ihm etwas zuruft; vielleicht ich, und dann würde ich rufen: »*Che culo!*«

»Du bist ein Arsch«, zischt Markus, jetzt vermutlich feuerrot im Gesicht und darauf bedacht, das Gesicht nicht nach uns zu wenden, noch sorgsamer, es nicht zu heben, Marias Blick nicht zu treffen.

Maria beachtet Markus nicht weiter. Sie thront auf dem Traktor, das Steuer fest im Griff mit Blick nach vorn, als wolle sie die Mechanisierung der Landwirtschaft Hirpiniens anführen. ›Ach‹, denke ich, wenn ich sie so sehe, ›was soll dann aus dem Maulesel von *Michele o' carcerato* werden?‹

»Ich kenne sie ja nicht mal«, faucht Markus jetzt, kaum hörbar, dreht sich ab und schreitet davon.

*

DUETT:
Später, *più tardi*, am selben Tag, *lo stesso giorno,* treffen sie sich wieder, *si rincontrano,* im Zug auf der Heimfahrt. *Forse,* vielleicht nicht ganz zufällig, *non per caso,* sitzen Markus, *con degli amici,* mit ein paar Kollegen, *e Maria, con le sue amiche,* mit ihren Freundinnen, im selben Abteil, *nello stesso scompartimento*.

Markus, ein Jahr älter, besucht eine höhere Klasse. Er spielt mit dem Gedanken, sich bei Maria zu entschuldigen. *Ma lei non gli dà l'occasione*, gibt keinen Hinweis, dass sie sich an ihn und an den peinlichen Vorfall erinnern würde. *Chissà se lei si ricorda di lui?*

Discorsi – harmlose, wirre, belanglose Gespräche *tra giovani,* die sich gegenseitig abtasten. Maria spricht Esther, *la sua amica*, manchmal italienisch an, *le parla l'italiano, a volte*, und auch wenn Esther nicht fliessend italienisch spricht, antwortet sie ebenso, häppchenweise, stichwortartig, *con l'accento*, dass sogar Markus es merkt.

Markus hat rasch herausgefunden, *ha capito subito, chi delle ragazze* Marias engste Freundin ist, *e si occupa di lei*, bemüht sich um sie, versucht ausnehmend charmant zu sein, *cerca di essere seducente*, lächelt, *sorride*, lächelt sie an, *scherza*, macht Witze und Sprüche zu ihr und allen anderen, *con gli altri e con le altre*, ausser zu Maria, die er nur scheu und verstohlen anschaut.

Markus *e gli altri del corso superiore* wären später, tags darauf, ein Thema für Maria und Esther, *la sua amica*. Markus zum Beispiel ist süss, irgendwie, findest du nicht, Maria?

Und Markus?
Non può più togliersela dalla mente, questa ragazza...

Io non posso stare fermo con le mani nelle mani
tante cose devo fare prima che venga domani
e se lei già sta dormendo, io non posso riposare
farò in modo che al risveglio non mi possa più scordare

Markus, nessuna parola a nessuno, ma un sentimento:
Am Ende des Duetts, am Abend nach dem offiziellen Besuch der Kantonsschulen an der Landwirtschaftsausstellung, im Rahmen der Feierlichkeiten zur 500jährigen Zugehörigkeit eines Standes zur Eidgenossenschaft, September, –
innamorato.

Es geht ihm nicht mehr aus dem Sinn, dieses Mädchen...

Ich kann nicht die Hände in den Schoss legen
viele Dinge muss ich tun, bevor es hell wird
und wenn sie schon schläft, ich kann nicht ruhen,
ich muss etwas tun, dass sie mich nach dem Aufwachen nicht mehr vergessen kann.

Markus, kein Wort zu niemandem, aber ein Gefühl...

La seconda canzone

Paolo Conte Come Di

...*Sguardo di donna che ti fulmina*...

Maria ist Markus schon vor dem Vorfall mit dem Traktor aufgefallen. Selbst wenn er sie nur wenige Male gesehen hat, ihr Aussehen hat sich ihm eingeprägt; genauso wie mir, und ich also beschreiben kann: *Occhi verdi, capelli neanche troppo castani, piùttosto bassa, gracile, vita sottile, ma senza dubbio un tipo mediterraneo.*
Markus ist Schweizer und 17 Jahre alt, er sagt zu seinem Freund Nick: »S'isch totau ä Hübschi, gseet sackguet us, hueregueti Frou.«

Maria ist anders als Katrin, die gleichzeitig mit uns zur selben Schule geht und bereits einen Freund hat. Katrin ist mir noch nicht aufgefallen, ich werde später feststellen, dass sie attraktiv ist. Markus hat auch schon eine Freundin gehabt, bis vor wenigen Wochen. Maria und ich noch nicht. Es fällt mir schwer, nachzuvollziehen, wie leichtfertig die Schweizer zusammenkommen und sich wieder trennen. Ich bin anders als Markus.

Warum ist ein Mädchen attraktiv, abgesehen davon, dass es Maria heisst? Ich behaupte nachträglich und sehe dabei Maria verschwommen vor mir: *deve colpire la nostra fantasia,* sie muss unsere Phantasie reizen, wenn sie an uns vorbeigeht, wenn wir mit ihr sprechen, wenn sie uns ansieht. Maria gelingt dies bei augenfällig vielen *ragazzi*.
»*Uno sguardo di Maria, e se le sei simpatico, sei perso. Nessuno che io conosca sa dare tanta intensità in uno sguardo.*«

Grüne Augen, nicht mal besonders braune Haare, ziemlich klein, zierlich, schmale Taille, aber zweifellos ein mediterraner Typ.

»Ein Blick, wenn Maria dich sympathisch findet, und du bist verloren. Niemand, den ich kenne, kann so viel Intensität in einen Blick legen.«
»Dr erscht Blick isch dr bescht, i säge dir, einä, und du bisch hi.«
»*Maronna mia, co chilli uocchi, pare ca ti mangia.*«
Markus notiert diesen Satz in sein Tagebuch oder einer der Italiener aus dem Chor macht diese Aussage oder ich äussere sie zu einem ihrer Brüder oder sonst ein Verehrer kommt jetzt gleich im Jugendzentrum darauf. Allen *ragazzi* könnte dies in den Sinn kommen, Maria findet alle Menschen sympathisch.
Maria ist, auch für mich, in dieser Nacht erst recht, ein Phantasiegebilde.

Meine Erinnerung an Marias Aussehen vor 15 Jahren ist schwach, ich kann so viel Musik hören wie ich will, ihr Gesicht bleibt auf der Leinwand undeutlich. Geblieben sind die Klischees, diese um so anschaulicher.

Ich sehe mich im Jugendzentrum, als man – Markus, Nick und ein paar andere *ragazzi* in unserem Alter – auf Maria zu sprechen kommt.
Ich bin der einzige, der Maria näher kennt, aus den *corsi di lingua e cultura italiana* und aus dem italienischen Kirchenchor.
Sie hat, legen sich die anderen fest, und ich übersetze für mich sogleich, einfacher und italienischer gesagt, *fascino*.
Man rätselt am Tresen, wo wir stehen, über ihre Ausstrahlung, ihr, wie Markus sagt, ›ganz einmaliges Naturell‹. Ich halte mich mit meiner Einschätzung zurück. Markus würde nicht auf mich hören; weil alle, die in Maria verliebt sind oder sich in sie verlieben wollen, ich, früher oder später, inklusive, geradezu versessen sind, in ihr ein Geheimnis zu sehen. *Sguardo di donna che ti fulmina.* Der Blick der Frau, der dich trifft wie ein Blitz, dass es einen Kurzschluss gibt. *Come Di* – wie sagen? Komödie?
Ich habe also erste Erfahrungen mit Maria den anderen voraus und wäre willens, sie bitter zu nennen, weil Maria

mich als Mann nicht hat wahrnehmen wollen. Ich würde daraus tröstend, selbstverliebt und versöhnlich ableiten, dass kein interessantes Mädchen mich beachtet. Nur wäre meine Ansicht in den Augen dieser *ragazzi*, wenn sie mich zu Wort kommen lassen würden, abwegig, da Maria im Ruf steht, für jeden Jungen ein Lächeln und Zuwendung übrig zu haben, gerade für solche, die die meisten anderen Mädchen, auch wenn sie nicht so hübsch sind, in der Regel übersehen. Marias Täuschung ist, hätte ich anfügen müssen, dass sie, bei aller ausgestrahlten Aufmerksamkeit und Zuneigung, stets unverbindlich bleibt.

*

Wenn ich das ›Loch‹ vor mir sehe, stört diese Musik, ich müsste die Platte wechseln, Vasco Rossi, *Vita spericolata*, auflegen: ›Ich will ein unsicheres Leben, ich will ein Leben voller Probleme, *voglio una vita come quella dei film*, ich will ein Leben wie im Film.‹ Im Jugendhaus, ›Loch‹ genannt, das die Behörden selber als das erste autonome Jugendzentrum der Schweiz rühmten, passt ein ›*voglio una vita – vedrai che vita, vedrai,* ich will ein Leben – du wirst sehen, was für ein Leben, du wirst sehen‹ besser zu uns als jede andere Musik; und statt weiter über Maria nachzudenken, müsste ich mich an den zaghaften Widerstand erinnern, den wir geleistet haben, bevor das ›Loch‹ endgültig geschlossen wurde.

*

Markus hat etwas getrunken, womöglich zum ersten Mal in seinem Leben, und wir müssen erfahren, dass er verliebt sei. Ich eigentlich nur beiläufig, weil mir langweilig ist und ich das Gespräch zwischen Markus und Nick belausche. Es ist nichts los im Jugendzentrum, keine Musik, keine Disco, wo man Mädchen beim Tanzen zusehen könnte, also bleibt nichts, ausser an der Bar zu hängen, wo es keinen Alkohol gibt, Markus ist schon betrunken hergekommen, und über Mädchen zu reden oder an sie zu denken. Oder zuzuhören, wie andere über Mädchen reden.

Markus nimmt sein Päckchen Camel aus der Hosentasche, sagt, sobald er bemerke, dass ein Mädchen, das ihm gefalle, ihm nicht mehr aus dem Sinn gehe, schliesse er daraus, er sei verliebt! Er zieht aus der anderen Hosentasche ein breites Zigarettenpapier, bröselt den Tabak mehrerer Zigaretten auf das Filterpapier, fährt dabei fort: Dies sei ein Problem! Denn Verliebtsein habe etwas Peinliches, das spüre er zuallererst, also versuche er, die Gedanken an dieses Mädchen zu verdrängen – mache doch jeder, oder? Und erst wenn er merke, dass alles nichts nütze, er Tage und Nächte dennoch an sie denke, das Problem also nicht kleiner geworden sei, im Gegenteil, überlege er weiter, wie er sich verhalten müsse. Und was bleibe, wenn verdrängen nichts nütze? – nur Annäherung!

Logisch, sagt Nick, und drängt ihn, als Markus, die Hände in hilfloser Geste erhoben, ihn anschaut, mit Kopfbewegungen, mit dem Joint vorwärts zu machen.

Ma, denke ich, und schaue skeptisch auf das Piece zwischen Markus' Daumen und Zeigefinger.

Nun aber werde das Problem noch grösser, denn er, Markus, sei zu wenig selbstbewusst. Solange er das Problem nur mit sich hätte lösen können, wäre es überschaubar gewesen, aber nun...

Markus lässt das Piece mit Hilfe der Flamme seines Feuerzeuges im Aluminiumpapier des Zigarettenpäckchens schmelzen, von dort, die Flüssigkeit regelmässig verteilend, auf den Tabak tropfen.

An diesem Punkt, ungefähr, sei er bei Maria.

Markus schliesst daraus, dass er besser keine Schritte in ihre Richtung machen sollte, dass es doch besser sei, seine Gefühle zu bekämpfen, denn die Situation und die Umstände seien so, dass er sich unweigerlich lächerlich machen müsse, und damit würde er ja alle Chancen vergeben.

Markus hat nichts Brauchbares als Filter. Nick reicht ihm aus der Jackentasche ein Billett der Städtischen Verkehrsbetriebe, das Markus zu einem Rohr formt.

Ich gebe Markus recht. Ich sage aber nichts, weil Markus

ein Jahr älter ist als ich und in dem Alter, zwischen 16 und 17, niemand auf die Jüngeren hört.

Nach einer schweigsamen Pause, Markus richtet die zum Filter verwandelte Fahrkarte, rollt das Zigarettenpapier auf, streicht mit Zunge und Lippen über die Ränder, verklebt sie, dreht das obere Ende zu einer Spitze, sagt dazu, er spüre, dass es in diesem Fall, ob er sich nun lächerlich machte oder nicht, nicht so einfach sei, dieser Zustand sei nicht auszuhalten, er müsse doch etwas tun; Maria könne nichts merken, wenn er nichts signalisiere, also.

Wir spüren gemeinsam mit ihm seinen Stolz erwachen, der ihm gebietet, nichts unversucht zu lassen, wir spüren seine Gefühle, die, wie wir bestätigen, nicht Einbildung sind, sondern echt und bedrängend, worauf er fast übermütig Annäherungspläne schmiedet – die er Augenblicke später wieder fallen lässt.

Markus stellt bei seinem Feuerzeug eine grössere Flamme ein, dann zündet er den Joint an. Die Spitze aus zusammengerolltem Filterpapier lodert, und als Markus durch den Tunnel seiner Hände am Billett der Verkehrsbetriebe zieht, glimmt der Tabak auf.

Nick bringt einen neuen Aspekt in Markus' Monolog, indem er ihm versichert, Maria habe auch ein Auge auf ihn geworfen.

Markus gibt ihm den Joint weiter und teilt diesen Eindruck ganz und gar nicht.

Ich höre noch immer zu, denn der DJ ist noch immer nicht erschienen, es ist noch immer nichts los im JZ, und ich kann mir nicht vorstellen, dass Maria etwas mit Markus im Sinn hat.

»Aber Markus«, gibt Nick zu bedenken und bläst ihm mit Vorsatz den Rauch ins Gesicht, »du in deiner Position!« Er könne das unmöglich beurteilen, hingegen er, Nick, quasi als neutraler Beobachter, sehr wohl.

Der Joint wandert nach links, in die mir entgegengesetzte Richtung. Man sieht, ich bin der Jüngste und verhalte mich auch so.

Was ihn an den Mädchen am meisten ärgere, sei der Umstand, dass man um sie werben müsse, dass nun wirklich kein Weg darum herumführe, ihnen die eigene Verliebtheit, das Interesse, den Wunsch, mehr zu wollen, offen und unverblümt zu zeigen, also sich zu entblößen. Herrisch verlangt Markus den Joint, obwohl er nicht an der Reihe wäre.

»Von der anderen Seite: kannst denken. Niemals würde ein Mädchen derart nackt vor einen Jungen treten. Habe ich recht?« Markus reicht mir den Joint.

Er selber, sagt Markus weiter, ohne von mir eine Antwort auf seine Frage zu erwarten, würde nämlich auch lieber von einer Frau angesprochen werden, und dann könnte er aus der Palette weiblicher Reaktionen auswählen, auf der das erlösende »Ich liebe dich auch« nur eine von vielen Möglichkeiten sei.

Markus hat sich schön was eingebrockt, Marias Palette reicht im günstigsten Falle von »nicht ausgeschlossen« bis »lass mir noch etwas Zeit«, und dazwischen hat genau ein immerwährendes »ich mag dich« Platz, denke ich, während ich mich selber einneble, ich vertrage das Zeug nicht und muss husten. Ich gebe den Joint hustend weiter, entferne mich, um für mich zu husten, und höre die anderen nicht mehr sprechen.

Umgeben von Rauch, die anderen schwach erkennend – das Licht im ›Loch‹ ist dumpf –, muss ich über einen Satz von Marias Vater nachdenken. Markus könnte ihn von mir erfahren, wenn er bedenken würde, dass einer wie ich ihm wird helfen müssen. Darauf muss Markus erst noch kommen!

'A dignetà è l'unico che na femmena pò perdere.
Die Würde ist das einzige, was eine Frau verlieren kann.

Ich kann mir nicht erklären, was Marias Eltern damit meinen. Ich spreche immer besser Italienisch und habe einen guten Teil meines Neapolitanisch verlernt. *Dignetà* ist *dignità* geworden und ein Fremdwort geblieben. Oder haben Marias Eltern nicht doch *verginità* gesagt? Wie kann ein 16jähriges Mädchen seine Würde verlieren? Maria würde es nicht zugeben, aber ich bin und war mir sicher, dass sie sich geschworen hat, ihre Würde nicht zu verlieren, unter keinen Umständen, was auch geschehe.

Vielleicht ist Marias Würde in Gefahr, weil sie so etwas wie eine Quartierschönheit ist. Ich lebe mit meinen Eltern ganz in der Nähe, zwei Strassenzüge weiter, auf der anderen Seite der Bahngeleise, und nicht nur deshalb weiss ich, wie man über Maria denkt: Sie ist längst nicht das einzige schöne Mädchen im Quartier. Es gibt in dieser Gegend, wo fast nur Ausländer leben, bzw. die Schweizer, die noch dort wohnen, meist kinderlos, alt oder alleinstehend sind, einige weit exotischere und auffälligere Schönheiten in unserem Alter. Sie fällt auch nicht auf, weil sie besonders unnahbar oder einzelgängerisch ist, oder, im Gegenteil, sich besonders gut in unseren Cliquen bewegt. Und doch kennen alle *ragazzi* Maria. Sie ist das intelligenteste Mädchen im Quartier, heisst es. Selbstverständlich hängt dies allein von der Schule ab, die sie besucht. Maria hat mit zwölf die Gymnasialprüfung bestanden, als erstes Ausländermädchen im Quartier, soviel man weiss, was sie bei den einen Knaben attraktiv, bei den anderen eher suspekt, bei den meisten zu einer Mischung von beidem macht. Jedenfalls ist sie ein Begriff. Und wer ein Begriff ist als Mädchen, in dem Alter, in dem Quartier, und nicht besonders hässlich, ist eine Quartierschönheit...

...finde ich, und lehne dankend ab, als man mir wieder *fumo* anbietet. Langsam wird es mir doch zu langweilig, im Jugendzentrum, ich verlasse das ›Loch‹ als Schauplatz. Dafür, vorausschauend, einige Einblendungen, trailerhaft: ich und Maria und Markus im Theater und davor, ich und die zwei frierend im ›Loch‹, ich und die zwei auf der Piazza, Markus mit Gitarre, Maria und ich singend, akzentfrei im Gegensatz zu ihm, so dass jene mit ihren Ahnungen richtig liegen, die vermuten, dass ich alles mitbekomme und mich ganz in die Geschichte von Markus und Maria hineinziehen lasse.

La terza canzone

Domenico Modugno *Nel blu dipinto di blu*

So gut wie die Schweizer Hochdeutsch reden, sprachen die Italiener früher Italienisch. Marias Eltern zum Beispiel kein Wort. Sie reden Dialekt, denselben wie meine Eltern.
Unsere Eltern reden wie wir Neapolitanisch.
Marias Vater kann es aufs Blut nicht ausstehen, wenn in seiner Gegenwart Italienisch gesprochen wird. »*A casa mia s'adda parlà' a lingua mia*«, brummt er, wenn er mich und Maria oder mich und ihre Brüder, Pippo oder Enzo, dabei erwischt. Dann lieber Deutsch. Also sprechen wir meist Deutsch in seiner Anwesenheit.
Marias Vater spricht für meinen Geschmack und für meine Verhältnisse zu archaisch Neapolitanisch, so dass ich manchmal nur jedes zweite Wort verstehe. Was Neapolitanisch betrifft, sind wir ganz auf unsere Eltern angewiesen. Dass es ein italienisch-neapolitanisches Wörterbuch gibt, hätte mir eigentlich einfallen müssen. Oder Enzo, der einiges älter und schon an der Universität ist, hätte meine Not erkennen und mich darauf hinweisen können. Oder ahnten wir, dass das, was in einem Buch steht, nichts mit der Realität unserer Eltern gemeinsam hat?

Es gibt das Mädchen, das gefragt wird, wann es gelernt habe, Schlittschuh zu laufen, und es antwortet: »An einem Mittwoch.«
Wir brauchen zum Italienischlernen den Mittwochnachmittag.
Am Mittwochnachmittag verfluchen wir, dass wir Italiener sind und die vom Konsulat angebotenen *corsi di lingua e cultura italiana* zu besuchen gezwungen werden. Nicht nur wenn die Sonne scheint und alle anderen Fussball spielen (wie ich

---

»In meinem Haus wird meine Sprache gesprochen.«

denke) oder in der Badeanstalt sich amüsieren (wie Maria denkt), auch wenn es regnet und Winter ist. Wir fluchen und ärgern uns, und wir wollen nichts lernen oder nicht so viel, auf jeden Fall nicht so viel wie in der Schweizer Schule.

Mit der Zeit wird das Fluchen zum Ritual, denn allmählich haben wir die Überzeugung unserer Eltern übernommen, dass wir nämlich für etwas Erhabenes leiden. Wir teilen mehr und mehr deren Ansicht, dass richtige Italiener ausserhalb Italiens diese Kurse besucht haben müssen, mittwochnachmittagelang, acht Jahre lang, während die übrige Welt sich vergnügt, und dass diejenigen Zweitgenerationsitaliener, die nicht von ihren Eltern zu diesen Kursen gezwungen werden, keine richtigen Italiener sein können.

So kommt man in den Besitz des italienischen Volksschulabschlusses, eine aufsehenerregende Leistung auf den ersten Blick für einen, der nicht in Italien gelebt hat.

Nicht nur der italienische Staat kümmert sich um uns, auch die italienische Kirche durch Aussendung der Skalabrinianischen Missionare, eines Ordens, der sich der Auslandseelsorge verschrieben hat. Der Staat kümmert sich um unsere Sprache und Kultur, die Kirche um unsere Erziehung, schliesslich sind wir alle Kinder ungebildeter Fremdarbeiter.

Als ich in der Schweizer Schule lernen muss, in Italien gebe es im Gegensatz zur Schweiz die Trennung von Kirche und Staat, kann und will ich das nicht glauben, denn Don Alfonso, der Missionar, kommt jährlich mindestens einmal in den Unterricht und wirbt für den Kirchenchor, den er eigens in Erfüllung seiner Mission gegründet hat.

Don Alfonso kann weder singen noch versteht er sonst etwas von Musik. Mit der Leitung des Kirchenchores betraut er Claudio, ein paar Jahre älter als Maria und ich, Vater aus Apulien, Mutter aus dem Friaul.

Für uns ist Claudio ein Musikgenie, weil er Schlagzeug, Klavier und Gitarre spielt und immer, wenn wir am Samstag nachmittag üben sollten, Konzerte gibt. Er ist ein überzeugender *cantautore* und überzeugt uns davon, dass seine Interpretationen besser sind als die Originale.

Ich bin es nach wie vor, wenn z.b. Domenico Modugno stirbt und alle Radiosender einen Tag lang *volare* spielen: Claudio hat *nel blues dipinto di blues* gesungen und es spielend fertiggebracht, diesen Schlager der späten 50er Jahre so in einen Blues zu verwandeln, dass alle, die das Lied kennen, nurmehr seine Version summen, und ich beim ersten Mal, als ich das Original höre, finde, Modugnos Vorlage sei unhaltbar schlecht.

Claudio ist mein Lehrmeister in Sachen *musica leggera*.

Claudio ist Marias erste Liebe.

Wir üben nicht für die Messe, Samstag nachmittags. Sonntags sitzt Claudio an der Orgel und singt, das genügt; wir anderen lernen manches Lied nach und nach, das ist schon mehr als genug. Don Alfonso versteht auf der Kanzel oder im Chor oder wo er uns zuhört nichts von Musik, und wenn er etwas verstanden hätte, es wäre ihm dennoch nur um unsere Erziehung gegangen.

Wir wehklagen: nachdem man uns jahrelang den Mittwochnachmittag weggenommen hat, kommt jetzt noch der Samstagnachmittag hinzu. Es ist unfassbar.

Ich gehe aus Langeweile in den Chor, weil ich am Samstagnachmittag nichts Verpflichtendes mehr los habe und es im Chor Mädchen gibt. Gerade ist meine Fussballkarriere zu Ende gegangen. Nach einer Bänderzerrung bin ich eine Saison lang auf der Ersatzbank gesessen, und es besteht keine Aussicht, sie in absehbarer Zeit wieder zu verlassen. Der neue rechte Verteidiger hat sich gut ins Team integriert, ist schlanker und wendiger als ich. Eine zweite Juniorenmannschaft ist seit Jahren im Entstehen. Ich ziehe die Konsequenzen, ich habe das Training, mittwochnachmittags, im Anschluss an die *corsi*, ohnehin zunehmend gehasst.

Für Maria ist das anders. Der italienische Kirchenchor ist

die einzige Möglichkeit, mit 13 oder 14, hin und wieder auch abends von zu Hause wegzukommen.

Es ist die einzige Möglichkeit, sich zu verlieben, abgesehen von der Schule.

Alle Mädchen sind in Claudio verliebt, soweit ich es beurteilen kann. Aber er hat eine Schweizerin als Freundin, die auch stets bei den ›Proben‹ in der *missione cattolica* dabei ist, obwohl sie kaum ein Wort Italienisch spricht und so mindestens die Hälfte nicht mitbekommt.

Don Alfonso kümmert es nicht, dass Claudios Freundin ihm angeblich beim Vorbereiten und Leiten der Proben hilft. Er ist so überzeugt von der institutionellen Macht seiner Kirche und der Überzeugungskraft seines Katechismusunterrichts, den wir einmal monatlich besuchen müssen, dass er sich nicht vorstellen kann, es könne unter dem Dach der *missione cattolica* etwas Unrechtes geschehen.

Wir wissen, dass unter diesem Dach, im Keller, hinter dem Übungsraum, in der Gerümpelkammer, mehr möglich ist, als Don Alfonso sich vorstellen will.

Auf mich steht keines der Mädchen, obwohl Claudio mein Talent im Heraushören und Aufschreiben der Texte ab Tonband schätzt und gebührend herausstreicht. Er ernennt mich quasi zu seinem Mitarbeiter, und so beginnt für mich die Sucht, stets die Texte der *canzoni* notieren, verstehen und übersetzen zu müssen und die Texte stets wichtiger zu finden als die Melodie, und wenn sie noch so offensichtlich belanglos sind.

Vielleicht habe ich keinen Erfolg bei den Mädchen, weil ich gleich alt bin wie die jüngsten und tatsächlich etwas dick. Ich finde im übrigen auch keine so richtig hübsch, ausser Maria.

Am Samstagnachmittag hören wir Claudio beim Singen zu, singen mit, schwatzen, trinken Chinotto aus der Bar der Missione (eine Flasche haben wir pro Probe von Don Alfonso zugut) oder spielen Pingpong, ich vor allem. Ich behaupte, Chinin wirke Wunder beim Tischtennis.

Manchmal setzt Claudio eine Samstagabendprobe an, und das bedeutet Disco im Keller der *missione*.
Claudio tut wirklich viel für uns, weder ich noch eines der anderen männlichen Chormitglieder ist auch nur eine Spur neidisch oder eifersüchtig auf ihn, er ist unerreichbar. Vielleicht, mit der Zeit, ich weiss nicht, ob ich mich nicht doch aus Frustration aus dem Chor zurückgezogen hätte, wenn er nicht von selbst zusammengebrochen wäre.

Es ist eine jener üblichen Schweizer Ausländergeschichten. Claudios Eltern beschliessen zurückzukehren. Wir erfahren es, und schlagartig sind die Proben Trauerversammlungen. Niemand macht mehr Musik, auch wenn Claudio sagt, es solle doch jemand von uns sich ans Klavier setzen. Er gibt nur noch Intimkonzerte für seine Schweizer Freundin, ich glaube, sie verbietet ihm sogar, noch mal für uns zu spielen. Er darf nur noch für sie spielen, ›Pablo‹ von de Gregori zum Beispiel. Ich weiss das, weil Claudio mich fragt, ob er richtig verstehe, im dritten Vers singe de Gregori *verderame*, und ich höre mit ihm das Lied, und es ist wirklich Grünspan, vom Kupfersulfat, das man zum Spritzen der Reben braucht, finden wir zusammen heraus.

Am Samstagnachmittag treffen wir uns, um schwermütig zu werden. Claudios Freundin weint, die anderen Mädchen lassen sich anstecken. Man kann keinen Witz machen oder lachen, ohne dass jemand einen dafür empört oder missbilligend anschaut. Ich spiele wie verrückt nachmittagelang Pingpong. Es ist nicht zum Aushalten, und doch haben alle das Gefühl, sie müssten es aushalten. Don Alfonso ist voller Verständnis für Claudios trauriges Schicksal, aber seine einzige Sorge gilt der Rettung des Kirchenchors. Ich sehne den Zeitpunkt von Claudios Abreise herbei, weil ich die Sinn- und Trostlosigkeit dieser Samstagnachmittage nicht mehr ertrage, und immer noch geht es drei Wochen, bis Claudio fährt. Und es wäre unanständig, sich zurückzuziehen, bevor er gegangen sein würde.

Sobald Claudio weg ist, scheint der Kirchenchor wie vom

Erdboden vertilgt. Ohne Abmachung oder Ankündigung trifft man sich nicht mehr am Samstagnachmittag in der *missione cattolica*. Alle Bande sind aufgelöst, die Kirchenchormitglieder zerstäuben oder verkriechen sich. Vorderhand geht man sich aus dem Weg, weil niemand recht weiss, wie der Chor weitergeführt werden sollte ohne Claudio. Für manche ist es schlimm, z.B. Maria, 15, hat ihren einzigen möglichen Samstagabendausgang verloren.

Bald darauf lässt sich Don Alfonso versetzen – man behauptet, es habe nichts mit unserem Chor zu tun, es sei ganz normal, dass die Missionare nach einiger Zeit weiterzögen. Aber wir sehen einen Zusammenhang und mit ihm den letzten Zusammenhalt des Chors schwinden.

Manchmal sehe ich Claudios Ex-Freundin, die ihn, zwei Monate nachdem er mit seinen Eltern weggezogen ist, in Süditalien besucht. Die Reise ist wie das Aufflackern von etwas Hoffnung für unseren Chor, welche aber unmerklich wieder verglimmt. Ich vermisse die Samstagnachmittagsproben nach wenigen Wochen nicht mehr, nur in der Erinnerung würden sie auf ewig unersetzlich bleiben.

Claudio geht es mit uns, mit der Schweiz, selbst mit seiner Freundin ähnlich, vermute ich. Jedenfalls hat es später geheissen, Claudio und seine Schweizer Freundin hätten nach dieser Reise keinen Kontakt mehr zueinander gehabt.

Volare oh, oh.
Cantare oh, oh, oh, oh.
Nel blu, dipinto di blu...

Che Blues!

La quarta canzone

Edoardo Bennato *Quando sarai grande*

Wenn ich erwachsen bin, weiss ich warum.
Ich weiss, warum Markus mich eines Tages auf dem Pausenplatz anspricht.
Er fragt, ob ich ihm mal meine Plattensammlung zeigen könnte.
Nachträglich fällt mir die Anekdote des reichen Mannes ein, der alles hat, nur nicht glücklich ist, dem ein Wahrsager verheisst, er werde glücklich, wenn er das Unterhemd des armen Schweinehirten trage, und der Reiche macht sich auf die Suche, sucht und sucht, der Arme, den Armen, und als er ihn findet und alle seine Reichtümer für dessen Unterhemd bietet, hat er keines. Wir lesen diese Anekdote zu meinem Ärger sowohl in den *corsi* wie in der Primarschule.
Allein die Paarung *porcaio/maglietta* (armer Schweinehirt/Unterhemd) macht misstrauisch. Eine suspekte Geschichte, auch in der Variante, wie sie mir in Deutsch begegnete: Reicher Mann sucht Hemd / armer Schweinehirt trägt Kutte.

Ich sehe mich auf dem Pausenplatz stehen und weiss, ich schäme mich.
Ich habe keine Plattensammlung und wir keinen Plattenspieler.
Ich habe das Gefühl, dass so etwas für Markus unvorstellbar ist. Er ist aus so weit so gutbürgerlichem Haus, dass Geld nie ein Thema ist. Bei uns dreht sich alles immer ums Geld. Sein Vater ist ein hohes Tier bei einer Versicherung, Direktor, glaube ich, seine Mutter Teilzeitarchitektin, daneben für die Freisinnigen im Kantonsrat oder Gemeinderat.
Unsere Familie ist nicht arm, aber wir haben nie Geld zu Hause. Weil alles Geld, das irgendwie übrig bleibt, nach Italien geschickt und dort in ein Haus investiert werden soll, wird es am Monatsende auf die Bank gebracht. Als die Ar-

beitgeber beginnen, die Löhne auf die Bank zu überweisen, ist überhaupt kein Geld mehr da. Selbst wenn ich ein Taschenbuch in der Schule bezahlen soll, sagt Mutter, »*devo andare a prendere i soldi in banca*«, sie müsse zuerst Geld auf der Bank holen. Für einen Plattenspieler ist sowieso kein Geld da. Wir haben ja Fernsehen und Radio, und ich mit 16 ein uraltes, ausgeleiertes Kassettengerät.

Natürlich, im Vergleich zu Markus' Eltern sind wir arm. Markus hat eine top Anlage, das werde ich am Tonfall merken, mit dem er sich nach meinen Platten erkundigt.

Ich frage, ob er eine bestimmte Platte suche.

Er sucht italienische Musik, und es ist, wie ich mir denken kann, wegen Maria. Jetzt, wo ich erwachsen bin, weiss ich alles. Er will sich verlieben, bis über alle Ohren, und dazu braucht er Musik.

Ich sage, dass ich prinzipiell keine Platten ausleihe, was er mit einem Hochziehen der Brauen zur Kenntnis nimmt, nach einer Pause aber versteht.

Ob ich ihm wenigstens sagen könne, was im Moment aktuell sei, in Italien.

Was in Italien aktuell ist, weiss ich kaum; ich höre manchmal italienisches Radio, sehe regelmässig mit den Eltern die Fernsehsendung für die Italiener in der Schweiz: »*Un ora per voi*«; gelesen haben meine Eltern nichts. Ich habe also nur spärliche Informationen über die italienische Szene. Aber was an italienischer Musik in der Schweiz aktuell ist, weiss ich, weil ich alles registriere, was man hier darüber erfahren kann.

Ich gebe Markus Auskunft: Branduardi, Dalla, Bennato.

Vielleicht zwei Wochen später sehe ich mich den langen Gang der Kantonsschule entlangschreiten, und Markus, der mich von weitem erkennt, rennt mir nach und spricht mich wieder an.

Ich bin irritiert, auch diesmal. Er ist überschwenglich nett. Er kürt mich zu seinem Freund, weil er sich an Maria heranmachen will, so etwas muss ich gedacht haben. Das ärgert mich.

»Branduardi«, ruft er aus, das sei ja zum Kotzen, das Gesäusel. Er stehe auf Rockmusik!
Ich zucke die Achseln. Woher soll ich seinen Musikgeschmack kennen? Soll er mich doch in Ruhe lassen. Ich drehe mich ab.
»He«, sagt er und klopft mir kumpelhaft auf die Schulter. »Die anderen aber sind super.«
So, denke ich, dann kann ich ja trotzdem gehen.
Aber Markus will noch etwas von mir. Er stellt sich mir in den Weg, als ich an ihm vorbei will. Da habe es leider bei der einen Platte keine Textblätter, und er verstehe den Text nicht, ja, er könne halt kein Italienisch ... noch kein Italienisch. Er möchte gerne den Text aufgeschrieben haben, die Gitarrengriffe habe er bereits herausgehört und notiert.

Warum er denn zu mir gekommen sei, frage ich provokativ, er hätte doch gleich zu Maria gehen können.

Markus bekommt einen hochroten Kopf. Sein linkes Augenlid zuckt und zittert.

Ich sehe, wie Markus' Reaktion mich trifft und rührt.
Jetzt, wo ich erwachsen bin und weiss, wozu und warum, habe ich schon beinah vergessen, wie verletzbar und empfindlich man ist, wenn man zum ersten Mal ernsthaft verliebt ist. Ich bin es zu dieser Zeit noch nie gewesen und stelle fest, wenn ich uns sehe, dass es einen aus dem Gleichgewicht bringt, selbst einen Kerl wie Markus. Vielleicht ist Verliebtsein in Wirklichkeit sogar ernster als manches Lied einem zu spüren gibt.

*

Markus' Eltern wohnen erhöht, in einem bevorzugten Quartier, der ›Waldegg‹, umgeben von anderen grossen Einfamilienhäusern, alten Patriziervillen, Parks, Wald.

Ich weiss, dass es dort oben wenig Verkehr und viele Hunde hat. Normalerweise hat unsereiner dort nichts verloren. Mein Fahrrad mit seinen drei schlecht funktionierenden Gängen ist auch nicht gedacht für solch steile Aufstiege. Ich atme heftig, bis ich aufgebe, vom Rad steige und es schiebe. Es dauert, bis ich die Villa finde. Man sieht die Hausnummern von der Strasse aus nicht, die Gartenzäune sind hoch und überwachsen, zudem gibt es hier, im Gegensatz zu den kleinbürgerlichen Villenquartieren in unserer Gegend, keine Namensschilder an den Gartentoren. Man sieht, dass ich Hemmungen habe, in diese Gärten zu treten. Ich fürchte mich vor misstrauischen Blicken hinter Vorhängen.

Markus bewohnt die ausgebaute Mansarde im menschenleeren Haus. Er sei oft allein zu Hause, gibt er zu, als wir vom Entree die breiten Treppen hochsteigen. Die Eltern hätten viel zu tun, und die Schwester wohne nicht mehr zu Hause. Mir erscheint ein Treppenhaus im Inneren einer Wohnung als etwas Massloses.
Markus' Zimmer ist so gross, dass ich mir sogar hätte vorstellen können, es mit meinem Bruder zu teilen. Seine Stereoanlage ist ein Traum, selber zusammengestellt aus Katalogen, ich interessiere mich brennend dafür. Ich darf alles ausprobieren, aufdrehen, bis die Poster an den Wänden zittern und die Hunde in den Nachbarvillen bellen.

Er holt die Gitarre.
Das seien die Griffe, sagt er und drückt mir das Blatt in die Hände.
A E Gmoll7 A E A D E
steht da, mehrfach, nur eine Zeile, die zweimal vorkommt, ist leicht anders:
A E A E A E A E A E A E

»Was soll das sein?« frage ich.
»Bennato. – Hier dieses Stück.«
Er wühlt in den Platten, zeigt mir eine Hülle, die ich nicht

kenne, nimmt die Platte heraus, legt sie auf den Teller, wischt den Staub von der Platte, legt die Nadel darauf, dreht die Lautstärke auf. Man hört ein Rauschen.

»Gib mir was zu schreiben«, verlange ich.

Ich verstand und verstehe nichts von Noten. Es ist kein Vorwurf an meine Eltern, auch wenn Geld dagewesen wäre, ich hätte wohl kein Talent zur Musik gehabt. Damals im Chor hätte ich gewünscht, etwas von Musik zu verstehen, jetzt nicht mehr.

Il vuoto e poi ti svegli e c'è / un mondo intero intorno a te / ti hanno iscritto a un gioco grande.

Die Worte müssen zur Begleitung passen und umgekehrt. Markus probiert, sobald ich ein paar Verse notiert habe, ob die Worte mit den Griffen übereinstimmen und Bennatos Lied ergeben.

Ich höre das Lied an diesem Nachmittag mindestens ein Dutzend Mal. Obwohl er schnell im Kombinieren von Noten und Text ist, dauert es lange, bis wir das ganze Lied beisammen haben, weil er nach jeder Pause nur schwer die Stelle wiederfindet, wo wir aufgehört haben. Heute mit den CD-Playern ginge es einfacher.

Markus ist sehr musikalisch, stelle ich mit Erstaunen fest. Das hätte ich ihm nicht gegeben. Wenn ich Markus mit der Gitarre sehe und ihn singen höre, ist die Vorstellung reizvoll, dass Markus sich auf den Marktplatz setzen wird, und der Marktplatz hat sich in eine Piazza verwandelt, Markus singt Bennato, und wir, Maria und ich, sitzen um ihn herum, klatschend und singend.

Ich bin der erste, verspreche ich ihm, der einstimmen und mitsingen wird. Etwas Singen, zumindest, habe ich im Chor gelernt.

Die Leere und dann wachst du auf und es besteht / eine ganze Welt um dich herum / sie haben dich für ein grosses Spiel gemeldet.

– Wie in Florenz, unter den Uffizien, sagt Markus. Das ist einer der Orte in Italien, wo er schon gewesen ist.

Ich kenne in Italien einen Ort, Neapel; jedes Jahr einen Monat. Für Ferien gibt es nicht nur kein Geld, das würde meinen Eltern gar nicht einfallen.

Quando sarai grande / allora saprai tutto… / Saprai perché, saprai perché / quando sarai grande / saprai perché.

Als wir endlich fertig sind, singt Markus das Lied, und ich prüfe, ob alles stimmt. Er hat einen fürchterlichen Akzent, aber er spielt wirklich gut Gitarre. Seine Stimme ist nicht mal weit von der von Bennato entfernt, urteile ich, ihm zuliebe. Wegen des Akzents beruhige ich ihn. Er solle das Lied im Original, so oft es geht, hören und dann Bennatos Stimme einfach möglichst nachahmen.

Wir steigen die Treppen wieder hinunter und setzen uns in die Küche. Er offeriert mir Kaffee und Kuchen. Die Truffes darf ich mit nach Hause nehmen.

Ich erzähle Markus, dass Maria sich einmal in einen verliebt hat, der Klavier, Gitarre, Schlagzeug gespielt und italienische Lieder gesungen habe. Claudio habe er geheissen, aber er habe nicht mit ihr gehen wollen, er habe eine Schweizerin als Freundin gehabt und lebe jetzt seit einem Jahr in Italien.

Markus erzählt, wie schwer es für ihn ist und dass er sich nicht getraut. Er hat Marias Stundenplan auswendig gelernt. Er hat ihre Gewohnheiten studiert. Er hat herausgefunden, dass Marias beste Freundin Esther heisst. Er ist bei uns unten im Quartier herumgestreunt und hat ihren Vater, ihre Mutter, ihre Brüder, Enzo und Pippo, von weitem gesehen. Er hat sogar den Block gesehen, in dem wir wohnen.

Ich möchte ihm alles erzählen, was ich über Maria weiss, aber letztlich fällt mir nicht viel ein, was ihn interessiert.

Markus kann auch etwas Mundharmonika spielen. Er hat sich einen Hut, den sein Vater aus Amerika mitgebracht hat, geholt und aufgesetzt. Er gleicht nun Bob Dylan, und weil er plötzlich unsicher geworden ist, holt er seine Gitarre, spielt, bevor ich gehe, noch einmal das Lied und begleitet es mit der Mundharmonika. Sein Gesang ist herzzerreissend, vielleicht auch, weil er das r nicht rollen kann.

Saprai perché, saprai perché, quando sarai grande
saprai perché
Du wirst wissen, wozu, du wirst wissen, wozu, wenn du erwachsen bist, wirst du wissen, wozu.

La quinta canzone

Bruno Lauzi *Onda su onda*

Ich muss von Familienangelegenheiten sprechen, die zu verstehen, ohne Schuldzuweisung, sich niemand getraut. Sie sind zugeschüttet worden, in meiner Familie und in der Familie de Sapio. An meine Geschichte könnte ich mich erinnern, die von Enzo liegt im dunkeln.
Ich versuche, Worte für andere zu finden und mich zu meinen.
Enzo war mein Vorbild. Niemand im Quartier begriff, weshalb die de Sapios nachgegeben hatten; niemand konnte erklären, wie er als Fünfzehnjähriger seine Eltern von ihrer Absicht, für immer nach Italien zurückzukehren, hatte abbringen können. Enzo hat den Bann gebrochen. Ich wusste, als es bei meinen Eltern so weit war, zwar nicht wie, aber ich wusste, dass man sich gegen den Willen der Eltern stellen kann.
Für Maria gab es diese Bedrohung nicht: »Wegen Enzo sind die Eltern nicht nach Italien zurückgekehrt, und jetzt möchten sie Pippo und mir die gleiche Chance geben«, antwortete sie, wenn wieder einmal jemand sie fragte, ob ihre Eltern denn nicht nach Italien zurückkehren wollten, und fügte an, später, wenn sie und ihr Bruder ihre Ausbildung abgeschlossen hätten, würden die Eltern sich die Heimkehr wahrscheinlich wieder überlegen.

Die de Sapios waren fest entschlossen gewesen, das Haus in Italien war neu renoviert und eingerichtet, sie hatten bereits die Wohnung und die Arbeitsstelle gekündigt. Sogar der Zügelwagen sei schon bestellt gewesen, weiss meine Mutter.

Ich hatte auf meinem ausgeleierten Kassettengerät Bruno Lauzi aufgenommen und weinte wer weiss wie viele Tränen und warum gerade bei diesem Lied.

Ich weine und kann nicht fassen, dass meine Eltern mich fortbringen wollen aus der Schweiz. Ich weine bei diesem Lied um meine Existenz. Ich bin ein dickes Kind, ein dicker Jugendlicher, und als alles überstanden ist, bin ich so mager, dass ich nicht einmal mehr äusserlich einem Italiener gleiche.

Siehst du, Maria, deshalb ist das, was du vor hast, ein Verrat.

Maria, wenn deine Eltern gegangen wären, damals, als Enzo fünfzehn und du sieben warst, du lebtest heute, wo du jetzt ohnehin hinziehen willst. Vielleicht nicht in Rom, sondern einige Hundert Kilometer südlicher. Es wäre dennoch anders. Du wärst ein anderer Mensch. Du würdest kein Wort von dem verstehen, was ich dir sage, und ich hätte dir nichts vorzuwerfen. Du hättest deine Schulzeit in Italien verbracht und könntest kein Deutsch mehr. Deine Erinnerungen an den Jurasüdfuss wären so vernebelt wie hier die Herbstmorgen.

Meine Eltern wollten auch gehen, alle zwei Jahre, zuletzt und am endgültigsten, als auch ich fünfzehn war. Man kennt das. Aber wenn deine Eltern gegangen wären, damals, in den 70er Jahren, als man uns alle loshaben wollte, es wäre auch für meine Eltern ein Signal gewesen, weil deine Eltern von den ersten Emigranten aus Hirpinien gewesen waren in der Schweiz und viele andere, wie zum Beispiel meinen Vater, mit sich gezogen hatten. Ich hätte mich nicht meinem Vorbild, Enzo, entsprechend für mein Hiersein entscheiden und wehren können.

Ich weiss, Maria, du bist nicht die Älteste wie Enzo, wie ich in meiner Familie. Du sagtest schon damals, dass es dir egal gewesen wäre, wenn deine Eltern zurückgekehrt wären. Warum solltest du für etwas dankbar sein, worauf du keinen Einfluss gehabt hättest, fragtest du.

Und dennoch, Maria: Stellst du dich nicht jetzt noch manchmal vor den Spiegel und schaust dich an, wie wir es früher taten, und überlegst dir, was unergründbar ist: ob du derselbe Mensch wärst, wenn du dasselbe, was du gerade denkst, in einer an deren Sprache denken würdest?

Enzo hat mich gerettet.
Nachdem unsere Eltern schiffbrüchig, halb ertrunken an unbeständiges bodenständiges Land gespült worden waren, zeugten sie auf der fremden Insel Kinder. Von diesen hiess es im besten Fall, sie müssten Fabelwesen sein, halb dies, halb das. Halb Meerestier, halb Mensch.
Enzo hat auch dich gerettet, Maria, indem er sich für sich entschied und dafür kämpfte. Fast hätte ihn, und später uns, das Schicksal eingeholt, das unsere Eltern erlitten hatten.

Onda su onda, Welle um Welle wird das Meer uns ans Ufer bringen, preisgeben einem bizarren Schicksal, Welle um Welle entfernen wir uns; das Schiff ist ein Leuchtkäfer im Meer, nie mehr werden wir zurückkehren.

Unsere Eltern sind vom Schiff gekippt, sahen sich ertrinken, wurden vom Wasser getragen, liessen sich von der Strömung treiben.
Bis sie strandeten.
Die Insel ist hinreissend schön für uns, die wir dort geboren werden, Palmen und Bambus, ein Ort voller Tugend.
Eine Insel der Seligen.
Die Bewohner wissen, dass sie auf der Insel der Seligen leben und dass Unheil bringt und mit Misstrauen zu prüfen ist, was von aussen auf die Insel zukommt, zuschwimmt und zugeschwemmt wird.

Enzo ist eines der ersten Fremdarbeiterkinder im Gymnasium, er ist eine wirkliche Sensation, einer von drei oder vieren auf 1000 Schüler, damals.
Ich habe gehört, Lehrer hätten sich anerboten, Enzo bei sich aufzunehmen, als die Eltern zurückkehren wollten, damit er die Matura machen und hier studieren könne.

Wer Schiffbruch erleidet, ist selber schuld. Wer sich dem Meer aussetzt, ist ein Abenteurer. Die Inselbewohner kennen sich mit dem günstigen Wind aus, sie leben vom Strandgut, das sie als gottgewollt sammeln und verwerten.

Sie sind selbstgerecht.

Sie leben auf einer Insel, aber sie kennen das Meer nicht.

Dreht der Wind, wird er rauh, ist das Meer an allem Übel auf der Insel schuld, und damit die Gestrandeten; bis mancher Gestrandeter sich schliesslich wieder dem Meer aussetzt.

Manche sind gegangen. Es herrscht eine schwere wirtschaftliche Krise, die Einheimischen sprechen von Überfremdung. Wer sich fürs Bleiben entscheidet, wendet sich gegen die befristete Gastfreundschaft der Inselbewohner.

Nachträglich ist festzustellen: Die Eltern sind weniger problematisch für die Identität der Einheimischen, ihr Entscheid ist der Entschluss, auf Lebzeiten Ausländer zu bleiben. Aber die Kinder wie Enzo und ich beanspruchen die Insel womöglich als Heimat. Wir sind, auch wenn ihnen das so passen würde, keine Gestrandeten.

Niemand wird je wissen, was letztlich den Ausschlag gegeben hat, dass die de Sapios gegen alle Widerstände hier geblieben sind, ausser den Eltern und Enzo.

Auch Pippo kennt die Hintergründe nicht. Er ist nicht viel älter als Maria und ich und erinnert sich ungern und dunkel, dass Enzo fast nichts mehr gegessen und die Mutter fast nur noch mit dem Taschentuchzipfel im Mund im Ledersessel in der Stube sitzend geweint habe.

Heute bemitleiden wir, Enzo und ich, unsere Eltern, wir verstehen, dass sie zurückkehren wollten, und sind ganz auf ihrer Seite gegen die Einheimischen. Wir wissen, was sie gelitten haben, worauf sie verzichtet haben, wegen uns, was sie hier erwartet hat. Für sie war Verbannung, was uns Heimat schien.

Und wenn wir unsere Eltern gewesen wären, wer weiss, ob

wir nicht mehr auf uns als auf die Kinder geschaut hätten. Damit entschuldigen wir uns. Wir möchten sie am liebsten ebenso für ihr Leben verantwortlich machen wie uns für unseres.

Sie haben ihr Schicksal in unsere Hände gelegt.

Viele Eltern haben anders als unsere Eltern die Kinder hin und her getrieben, ausgesetzt den Wellen. Hiersein, zu Verwandten gebracht werden, mit den Eltern zurückkehren, eine Weile zurückkehren, dann wieder hierherkommen, die Schule hier, die Schule dort, dann wieder hier.

Mit sechzehn waren sie nicht wie Enzo, Pippo, Maria, mein Bruder, ich auf festem Boden, sondern ruiniert; keine Sprache, keinen Ort, sie kannten nur Ebbe und Flut.

»*Guai a te!*« habe der Vater zu Enzo gesagt, nachdem er die Rückkehr rückgängig gemacht hatte.

Das wird von Herrn de Sapio selber überliefert; mehrfach hat er mir stolz wiederholt, jetzt da er weiss, was aus Enzo geworden ist, dass er diese Drohung ausgestossen habe. Sie scheint ihm im nachhinein ausschlaggebend für Enzos erfolgreiche Schul- und Berufskarriere gewesen zu sein.

Wegen Enzo, lautet das Urteil, sind sie hiergeblieben. Er hatte zu beweisen, dass das Opfer gerechtfertigt war. Wenn er versagt hätte, hätte auch ich, hätten viele andere versagt.

Aber Enzo hat standgehalten. Er hat sich auf der Insel behauptet, Mal um Mal, und uns geschützt. Wir kauern hinter seinem breiten Rücken.

Der Schiffbruch unserer Eltern hat uns das Glück gebracht, das kein anderes Land uns hätte geben können.

Dahinter verschanzen wir uns, geschützt von Enzo.

Maria, du hintergehst deinen Bruder, wenn du weggehst, und damit auch mich.

»Wehe dir!«

LA SESTA CANZONE

FRANCESCO DE GREGORI *DUE ZINGARI*

Wenn ich die Aufnahme von de Gregori höre, die ein Besucher mit einem simplen Kassettenrecorder an einem Konzert in Roms berühmtem Musiklokal ›Folk Studio‹ aufgezeichnet hat, will mir scheinen, so schön wie es klingt, kann es damals für uns in der Schweiz nicht gewesen sein.

Mit einem Mal sind wir 15 Jahre jünger, und ich gönne Maria und Markus, dass sie klare Vorstellungen vom Leben haben, auch wenn sie sich, wie de Gregori vermutet, vielleicht irren. Klare Vorstellungen, wie ich sie habe von einem Gelände im Herbst, wenn eine Ausstellung, selbst eine langandauernde Jubiläumsausstellung, zu Ende ist, dann werden die Zelte und Pavillons zwischen Turn- und anderen Hallen abgebaut, zurück bleiben nackte, morastige, zerpflügte Pärke und Sportplätze, unbrauchbar bis zum nächsten Frühling.

Was zurückbleibt, sieht aus wie ein Zigeunerstandplatz nach einer Hochzeit.

Der Staat wird anderweitig und anders weiterfeiern, wenn er denn feiern muss. Es ist nicht jedes Jahr ein Jubiläumsjahr, das seine Zeiten hat, wie andere Jahre auch. Und wenn ein Politiker sagt, was er immer zum Abschluss sagt: die Ausstellung hat etwas bewirkt, bewegt, unser Bewusstsein verändert, weil 500 Jahre, das ist nicht nichts und das muss man zeigen, dazu muss man stehen, stehen wir auf und applaudieren ihm zu, ja, seine Floskel hat Flügel bekommen, anders als ein Politiker sich denken kann, hat er für einmal recht behalten.

Ich bin an dieser lächerlichen Abschlusskundgebung und stehe Spalier und weiss, ein Junge namens Markus hat ein Mädchen namens Maria berührt, und ich vermute nichts von dem, was wir wissen: dass die Zeit kommen wird, da ich die Geschichte dieser Heldin und dieses Helden, mit de Gregori im Ohr, singen werde. Neapel ist mindestens 3000 Jahre alt,

Markus ist ein Held, und Maria ist eine Heldin, dies alles ist, wie 500 Jahre, nicht nichts.

Ich möchte fast seufzen, es liegt am Lied, nicht an den paar Monaten, die lang sind; wenn man jung ist und verliebt ist, sind ein paar Monate sehr lang, wenn bis in den Herbst hinein nichts, weniger als nichts zwischen Maria und Markus geschieht.
Wir müssten fürchten. Plötzlich könnte sich etwas ändern, sein Gefühl abhanden kommen. Die Fixierung auf eine Person, wenn wir nicht in unserem Zimmer sind und *musica leggera* hören, und sei das Kassettengerät ausgeleiert oder sei es eine der besten Anlagen der Stadt, verliert sich wie Töne in der kalten Luft der römischen Peripherie.

Ich bin nicht mehr verliebt und bin es noch nicht wieder. Ich bin altklug und will dir, Markus, zurufen: bei einem Mädchen wie Maria ist es gefährlich, zu lange zu warten, so zu zögern! Du bist nicht der einzige Verehrer, den sie hat, und nicht alle sind so zimperlich wie du. Allein aus der Schule kann ich dir drei Typen aufzählen, die damit prahlen, dass sie sie auf der Stelle heiraten würden.
Und ist da nicht noch einer, der Peter heisst, einer, den sie aus dem Tanzkurs kennt, der mit dem Segelflug lockt?
So ist das, wenn einer es fertigbringt, ein Rendezvous zu organisieren am Stadtfest Ende August. Maria wäre nicht die erste, die über einen Juraflug in näheren Kontakt mit diesem Peter käme. So ist das, wenn einer einen Juraflug anzubieten hat, nächsten Samstag, und ein anderer in seinem Zimmer sitzt, *cantautori* hört, bis er keinen vernünftigen Gedanken mehr fassen kann. Da hast du dich aber in letzter Minute, als hättest du etwas gerochen von diesem Samstag, zurückgemeldet!

Vielleicht in der Schule, vielleicht im Velokeller, vielleicht an einem Nachmittag nach der Schule. Und er wartet, wir sehen ihn im Fahrradkeller der Schule, Markus, bis auch sie erscheinen muss, öffnet und schliesst ab und öffnet sein

Fahrrad schätzungsweise zum dritten Mal, als er Maria in den strömenden Schülerinnen erkennt. Jetzt oder nie. Und wer weiss, ob sie sich an ihn erinnert. Maria kann launisch sein. Er muss geglaubt haben, dass er sie eigentlich schon fast vergessen hat, nun, da er sie sieht, spürt er seinen Puls flattern, das Herz im Hals schlagen, er schnappt nach Luft, wir sehen Gesichtsröte aufsteigen, er weiss, jetzt würde er sie ansprechen müssen, wann sonst, wenn nicht jetzt, wie jetzt, wie nie?

Markus, es ist einfach: Es gibt blöde Fragen, und es gibt keine Fragen, und keine Fragen sind entschieden die blödesten.

Siehst du, Markus: Maria fährt nicht davon, sie antwortet, bleibt stehen, lächelt. Lächelt sie nicht?

Nur, dass sie Samstag schon was vor hat, mit einem Kollegen, Juraflug. Wir haben es ja kommen sehen.

Du staunst: Was soll denn das? Ich wäre auch misstrauisch.

Aber Sonntag, immerhin.

Nein, Markus, frage sie nicht, ob sie mit dir ins Kino will. Sie darf nicht abends ins Kino, auch wenn du das nicht verstehen kannst, ihr Vater erlaubt es nicht, und die Mutter reut das Geld, und welches von beidem entscheidender ist, werden wir nie erfahren.

Du wirst vielleicht einen Moment lang keine Worte mehr finden, aber sie hilft euch darüber hinweg, warum nicht am Nachmittag, auf dem Marktplatz?

Für dich ist das wie Weihnachten, du hast eine religiöse Ader in solchen Momenten, und für sie ist das wie auf einem Zigeunerstandplatz bei Rom mit einem Mann zusammen sein, und weil sie in solchen Momenten eine musikalische Ader hat und die Musik italienisch ist, sind ihre Gedanken italienisch und deutsch; ihre Sehnsüchte sind zweisprachig, wie eine Liebe sein kann, auf einen Menschen gerichtet: sie ist ein junges Zigeunermädchen, und ihr Freund, ihr Mann, beides einerlei jemand wie du, Markus, ist ein junger Zigeuner.

Markus, geh jetzt Gitarre üben zu Hause, es ist nur zum Spiel. Auf dem Marktplatz könntest du sie hervornehmen. Aber ein anderes Lied wäre angesagt, nicht Bennato, de Gregori. *Ecco stasera mi piace così, con queste stelle appicciate al cielo. La lama del coltello nascosta nello stivale. È il tuo sorriso, trentadue perle...* Ich habe dir diesen Namen nicht absichtlich verschwiegen. Ich kann unmöglich so viele Kassetten haben, wie Maria, dank Enzo, Platten hat.

*

Maria ist nie pünktlich, auch nicht an diesem Sonntag im Oktober, wenn die letzten warmen Tage es erlauben, draussen, in den Strassencafés, zu sitzen. Du wirst warten müssen und kaufst dir ein Zigarettenpäckchen, steckst dir, aus Nervosität oder so, eine Zigarette an, was sie aber gar nicht mag, wenn sie verspätet kommt!

Aber vorher, wie sie auf dich zuschreitet, in einem grünen Rock, wenn du ein sensibler Mensch wärst, Markus, müsstest du in Ohnmacht fallen. Andere essen sinnlos, wenn sie verliebt sind, oder kauen Fingernägel oder trinken, wenn sie alt geworden sind, Rotwein.

Und hoffe für dich, dass sie so gelöst ist, wie unter gewissen Umständen möglich, dass sie nicht fürchtet, jemand könnte euch zusammen sehen und würde es den Eltern erzählen gehen. Das wäre der Skandal, denn selbstverständlich wissen die Eltern nichts davon, dass sie sich mit dir trifft.

Maria setzt sich neben dich, schlägt die Beine übereinander, zufrieden, dass du die Zigarette gleich fortgeschmissen hast.

Der Rock flattert, senkt sich langsam wieder auf ihre Beine. Ich würde ihn auffangen, durch Zeigefinger und Mittelfinger hin und her gleiten lassen, dabei sie anschauen, aber nicht aus Verlegenheit, fragen, was das für ein Stoff sei.

»Heute abend gefällt es mir
mit diesen Sternen, angeklebt am Himmel
die Klinge des Messers versteckt im Stiefel
und dein Lächeln, zweiunddreissig Perlen...«

Aus der Distanz wissen wir alles besser.

»*Velluto in italiano*«, sagt sie.
»Er ist weich.« Du flüsterst ja fast!
Sie setzt sich gerade hin, dass der Stoff deinen Fingern entgleitet.

»Es fällt mir gleich ein, das Wort«, wird sie sagen und erklären, dass sie nicht eigentlich Mühe mit Deutsch habe, es sei nur so, dass sie die Kleider mit der Mutter einkaufe, und mit ihr spreche sie halt Italienisch.

*

Später gehen sie miteinander spazieren, das heisst, Markus begleitet sie ein Stück auf ihrem Heimweg. Es ist kühl und dunkel. Sie spüren, wie sich der Nebel wieder über die Stadt legt, sobald es dunkel wird.

Ecco stasera mi piace così...
Sie sprechen darüber, wie man so seine Freizeit verbringen kann. Maria ist bestürzt, als sie erfährt, dass Markus zur Betriebsgruppe des Jugendzentrums gehört. Aber Theater ist ein genialer Einfall. Sie wird sich das Jahresabonnement von ihrem ältesten Bruder zum Geburtstag wünschen, wenn die Eltern es erlauben. Und Markus bucht ihre Absicht als Liebeserklärung.

Wir sehen sie sitzen auf ihren Fahrrädern, miteinander sprechen im Licht einer Strassenlaterne, die wie ein Scheinwerfer auf sie scheint, die Enden des Lichtkegels ausgefranst durch den immer dicker werdenden Nebel. Maria hat gesagt, sie müsse nun fahren, seither sitzen sie auf den Fahrradsätteln, die Vorderräder aneinandergelehnt.

Es ist schon nach sechs.
Es ist dunkel.
Es ist kalt, sagt Markus und reibt sich die Hände. Zu kalt für einen Rock, sagt er, und sie lächelt.
»Samt!« müsste sie dann ausrufen und zum Rock greifen und ihm etwas von ihrem Rockstoff zur Berührung anbieten.

Samt.
Jetzt dürften sie das Wort nicht mehr vergessen.

Und gleichzeitig, rundherum, klingt es so schön, wie es niemals gewesen sein kann:

Und sie und er, zwei Zigeuner, waren angelehnt an die Nacht, vielleicht Hand in Hand, und hielten sich mit den Augen fest, warteten darauf, dass die Sonne aufgeht. Auf der Autobahn neben dem Feld, in der Peripherie, rasen Autos vorbei. Die Laster fressen Kilometer, sicher fahren sie sehr weit. Die Chauffeure halten und fahren wieder an, sagen, es hat Nebel, man muss vorsichtig sein. Und lassen hinter sich, *si lasciano dietro,* einen Traum, *un sogno metropolitano*.

La settima canzone

Lucio Dalla *Anna e Marco*

Ich habe gelesen:
Nirgendwo eher als in der Schweiz finden die sogenannten Cantautori, ausserhalb der italienischen Emigrantengemeinschaften, ein anderssprachiges Publikum, und unter diesen schafft Dalla als erster die Anerkennung als Musiker und Poet und den kommerziellen Durchbruch. Zu seinem ersten, blitzartig ausverkauften Konzert ausserhalb Italiens kommt Lucio Dalla 1979 ins Volkshaus nach Zürich. Am 28. Dezember 1979 veröffentlicht ein Basler Schriftsteller und Redaktor, Peter Burri, eines der Lieder von Dalla – »L'anno che verrà« – in der »Basler Zeitung« in baseldeutscher Übersetzung: »Das Johr wo kunnt«. Überrascht vom unerwartet grossen Echo auf seinen ›Spleen zum Jahresende‹, kommt er auf den Gedanken, alle bisherigen Lieder Dallas ins (Hoch-)Deutsche zu übertragen und zu veröffentlichen.

Ich staune, tatsächlich, Dalla ragt heraus, überstrahlt alle, damals, Ende der 70er, Anfang der 80er ist er der angesehenste *cantautore* und hat den Ruf, ein anspruchsvoller Musiker zu sein, der es doch schafft, die Ängste und Nöte der einfachen Menschen so zu besingen, dass diese ihn verstehen. Wir sind keine Kunstrichter und keine Soziologinnen, was ich weiss, ist, dass er uns besingt und Maria die erfolgreichste Platte dieses Winters, »Lucio Dalla«, ebenso pausenlos hört wie ich.

Maria soll einen Titel lang, wenn wir Dalla singen hören, Anna heissen, und Markus Marco.
Anna e Marco heisst ein Liebespaar in einem Lied von Lucio Dalla.

E l'America è lontana, dall'altra parte della luna
Und Amerika ist weit entfernt, singt Dalla, auf der anderen

Seite des Mondes, von Mailand aus gesehen. Dort, in Mailand, erfüllt sich die Sehnsucht zweier Jugendlicher:
Qualcuno li ha visti tornare, tenendosi per mano.

Die andere Sehnsucht entsteht am Jurasüdfuss, aber hier, auf den Bildern vor mir, wird das glückliche Ende der *Canzone* nicht Wirklichkeit. Könnte ich das Leben auf ein Lied, auf eine Platte bringen, ich bräuchte keine Ansichten, nur Töne und Metaphern.

Markus geht tatsächlich nach Amerika, für ein Jahr, und ich, der ich sehen will, wie sie endlich zusammenkommen, sehe sie nicht, und wenn ich sie sehe, ziehe ich im falschen Moment Schlüsse aus ihrem Zusammensein.

Maria soll jetzt ein Stück lang, wenn wir im Theater sind, Marianne heissen.

Nach der Vorstellung vergiesst sie Tränen. Am Ausgang des Theaters sehe ich Markus und Maria. Sie umarmen sich; Maria hat ihren Kopf an seine Schultern gelehnt, schluchzt, er umfasst sie, drückt sie an sich, fährt ihr sanft übers Haar. Ich traue meinen Sinnen nicht, als ich sie sehe, es sticht, so weit geht das also schon, denke ich. Aber sie, Maria und Markus, haben keine Augen für andere, auch nicht für Marias Freundin Esther, die überflüssig daneben steht und zu mir sagt, als ich von der aus dem Theater schwappenden Menge an ihr vorbeigetragen werde: »Geht recht an die Nieren, das Stück.« Ich nicke und starre auf Markus und Maria und bleibe nicht stehen, ströme mit den Weggehenden weiter – und bin noch perplexer, als Markus später mit Esther in der Beiz erscheint, ohne Maria.

*

Ich staune, dass Maria mit Markus überhaupt eine Saison lang ins Stadttheater gehen darf.

Doch sah sie jemand Hand in Hand
heimkehren aus der Stadt.
(Übersetzung P. Burri, Lucio Dalla, Basel 1982).

Wahrscheinlich hat Maria ihre Eltern angelogen, ihnen nur die halbe Wahrheit gesagt, sie wolle mit ihrer Freundin Esther gehen. Dass da noch einer, ein Schweizer, mitkommt, brauchten die Eltern nicht zu erfahren.

Wahrscheinlich hat Pippo Maria unterstützt, sich ausnahmsweise solidarisch gezeigt, indem er den Eltern gegenüber aussagte, das Saisonabonnement fürs Theater sei für eine Mittelschülerin und deren Schulkarriere gut investiertes Geld; und die Eltern hatten das gelten lassen müssen, da sie es nicht besser wussten.

Jeder Rappen, der ausgegeben wird, ist schlechter als der gesparte. Geld ist Hoffnung, Sicherheit, Verheissung, Schlüssel zur Heimat. Geldverdienen ist Lebensinhalt. Maria muss wie ich in den Ferien in die Fabrik arbeiten gehen, auf dass wir dies lernen.

Wahrscheinlich ist auch Enzos Unterstützung nötig, als er an einem Sonntag zu Besuch nach Hause kommt. Maria hat nicht ohne Absicht in Anwesenheit Enzos davon angefangen, und der Vater: »*Nata vota – tu e sto teatro!*«¹ Ein kurzer, heftiger Wortwechsel folgt, der Vater will nicht begreifen, wozu so viel Geld ausgeben, will dann, als Maria nicht mehr reagiert, einen Grund von Enzo erfahren, der der Älteste sei, der Vernünftigste, einen triftigen Grund.

Man würde ihnen keinen liefern können, natürlich, das weiss Enzo. Aber Enzo würde sich anbieten, für das Abonnement aufzukommen.

Ihm, dem Vater, gehe es doch nicht ums Geld. Maria sei ein Mädchen, er, Enzo, wohne auswärts, und Pippo übernehme keine Verantwortung. Der Vater möchte wissen, ob er für das garantieren könne, was ein Vater zu befürchten habe, wenn seine sechzehnjährige Tochter sich bis spät in der Nacht in der Stadt herumtreibe.

---

¹ »Schon wieder – du und dieses Theater!«

Und du, Maria, sitzt daneben wie auf Kohlen, meinst zu zerspringen, weil du schweigen musst; wenn du jetzt etwas Falsches sagst, das weisst du, kannst du das Theater endgültig vergessen. Und du ärgerst dich über Enzo, dass er nicht offen für dich Partei ergreift.

Von Enzo kannst du nicht allzuviel Unterstützung erwarten, Maria. Du kannst von ihm etwa so viel wie von mir verlangen. Du vergisst, wir sind in der Schuld unserer Eltern.

Und auch wenn es scheint, Enzo sage immer ja und Amen zu allem, was die Eltern fordern, er sei feige, hat er doch recht, wenn er sagt, es habe keinen Sinn, sie verändern zu wollen, man müsse sie lassen, wie sie sind, im Grunde seien sie sogar passabler als die meisten Schweizer Eltern, gerade weil sie so weltfremd seien. Enzo hat recht, Maria. Enzo hat fast immer recht, glaub mir, manche Kameradin wäre froh gewesen, wenn sie so viele Freiheiten gehabt hätte wie deine Eltern sie dir gewährten, weil sie wenig verstanden, überfordert waren und dir deshalb oft vertrauen mussten.

Du warst unfair, als du behauptetest, Enzo habe eure Eltern aufgegeben, er behandle sie wie seltene Apfelsorten, die man vor dem Aussterben bewahren müsse. Er habe aufgegeben, sie ernst zu nehmen. Denn dazu gehöre, ihnen beizubringen, was die Leute heutzutage dachten, wie es sonst zu und her gehe, auf dieser Welt, in diesem Land, für ein junges Mädchen etwa. Das mag stimmen, Maria, aber es ist unfair. Enzo scheut den Konflikt mit den Eltern nicht, weil er ein Macho oder ein Feigling ist. Vergiss nicht, er muss immer daran denken, dass sie seinetwegen hiergeblieben sind. Nachsicht, um das Gewissen zu beruhigen: Die Eltern verehren, sie nicht mehr verletzen, der liebe Sohn sein, nachdem sie ihm das Wichtigste in ihrem Leben geopfert haben.

Und wenn Enzo lavierend schliesslich doch etwas für dich herausholt, wie die Erlaubnis für den Theaterbesuch zum Beispiel, kann dir dann nicht egal sein, wie er das macht?

*

So wie die Musik unser Leben auf die Leinwand projiziert, kann es ein Theaterstück tun, das in unser Leben tritt und dann nicht mehr daraus wegzudenken ist.

Die Frau im Stück heisst Marianne. Maria und Anna. Es ist reiner Zufall, aber es passt, und es gibt keinen Zufall.

Du – wie der Blitz hast du in mich eingeschlagen und hast mich gespalten – jetzt weiss ich es aber ganz genau.

Ich sitze mit meiner Klasse im Theater, die Aufführung, die gleich beginnt, ist ein Schulanlass. Vorhin, im Foyer habe ich sie gesehen, zu dritt, Maria, Esther und Markus.

Das Stück war für uns Schulstoff: Eine Frau wehrt sich gegen die Konvention der Zeit und ihres Milieus und geht daran zugrunde.

Bevor der Vorhang aufgeht, jetzt wie damals, verbinden sie sich mit dem Stück. Ich sehe das braune Taschenbuch vor mir, auf dessen Rückseite, weiss, geschrieben steht: »Das ist die Geschichte einer Liebesgeschichte, die geradewegs vom Himmel in die Hölle führt.«

Lüg nicht! So lüg doch nicht! Nein, ich bin nicht geschwommen, ich mag nicht mehr schwimmen! Ich lass mich von euch nicht mehr tyrannisieren. Jetzt bricht der Sklave seine Fesseln – da. Ich lass mir mein Leben nicht verhunzen, das ist mein Leben!

Mich hatte der Text beeindruckt, die Aufführung mitgenommen, und jetzt, wo ich Maria und Markus in dieser Szenerie sehe, bewegt es mich wieder. Ich nehme an, wenn Maria sich nicht zwischen dem Bewusstsein der 50er Jahre Süditaliens und dem des Jurasüdfusses der 80er Jahre bewegen würde, sie hätte Markus an diesem Abend nicht zum ersten Mal geküsst.

Mich kann nichts erschüttern. Lass mich aus dir einen Menschen machen – du machst mich so gross und weit.

Im Nachhinein kann ich mir vorstellen, wie Markus im Laufe dieses Winters zumute ist: Nie wissen, woran man ist. Wahrscheinlich hat Esther, nachdem Maria nach der Vorstellung sofort und alleine hat nach Hause gehen wollen, ihm weitergeholfen, hat vielleicht, wie ich es getan hätte, von Marias verständlichen Ängsten vor ihm gesprochen. Sicher, es ist schwer zu glauben, ich käme mir auch blöd vor, so zu reden, und möchte meinen, es sei alles erfunden. Heute reden die 16jährigen auch im italienischen Fernsehen offen über Verhütung, während Maria, Anfang der 80er Jahre, leider ist es kein Witz, sich hat fragen müssen, ob sie sich womöglich mit Markus verloben, ihn schliesslich heiraten müsse, wenn sie ihn küsst.

– Und ich gehe direkt aus mir heraus und schau mir nach – jetzt, siehst du, jetzt bin ich schon ganz weit fort von mir – ganz dort hinten, ich kann mich kaum mehr sehen. – Von dir möchte ich ein Kind haben –

Die beiden, es ist grotesk, fast wie in diesem Horvàth-Stück. Jeder denkt vom anderen, er denke nur für sich.
Man müsste aus sich herausgehen können.
Markus wird zweifeln: er kommt nicht vom Fleck, obwohl sie ihn doch offenbar auch mag. Markus, schau diese Leute auf der Bühne an, sie spielen die Rollen, als sei es euer Leben, Markus, du kommst mit Maria ins Theater, Aufführung um Aufführung, aber nichts weiter.
Man müsste aus sich herausgehen und sich nachschauen, nicht den anderen.

Wir üben uns in Zitaten, wenn wir im Theater waren, wenn wir gelesen haben. Es gehört dazu, in dem Alter, dass man ganze Partien von Graf Öderland, mit der Axt in der Hand, wehe, wehe euch allen, ich sehe euch fallen, wie Bäume im Wald, auswendig in möglichst unmöglichen Situationen zitieren kann.
Und wie geht es dem Herrn Baron?
So lala.

Und dem Fräulein Braut?
Auch lala!
Ach! sagen wir dann, und nie mehr so so, lala, sondern nur lala. Oder man ruft aus: Nackete Weiber, sehr richtig!
Oder man sagt: Zieh' dich nur weiter aus, ich bin ja nicht pervers!

Wenn es einen lieben Gott gibt – was hast du mit mir vor, lieber Gott? – Lieber Gott, ich bin im achten Bezirk geboren und hab die Bürgerschul besucht, ich bin kein schlechter Mensch – hörst du mich? – Was hast du mit mir vor, lieber Gott? –

Wenn's ernst wird, bist du eine Gefühlsnudel, Maria. Ich habe dich zu verstehen, ich kann mich in deine Rolle versetzen wie du dich in die von Marianne. Wenn ich eine Frau wäre mit meinen oder deinen Eltern und ich das Schicksal einer Marianne sähe, die versucht, sich zu wehren, einen eigenen Weg zu gehen, und die wie du sich nicht in weibliche Tugenden schicken will, sich nicht mit von den Eltern vorgegebenen Weiberglückseligkeiten zufrieden geben kann und gerade daran scheitert, ich würde auch weinen, auch wenn es übertrieben scheint, das Schicksal einer leibhaftigen Bühnenfigur mit dem eigenen zu vergleichen.

Mariann. Ich hab dir mal gesagt, dass ich dir nie wünsch, dass du das durchmachen sollst, was du mir angetan hast – und trotzdem hat dir Gott Menschen gelassen – die dich trotzdem lieben – und jetzt, nachdem sich alles so eingerenkt hat. – Ich hab dir mal gesagt Mariann, du wirst meiner Liebe nicht entgehen –

Als ich Markus und Esther später zusammen in der Beiz sehe, ohne Maria, denke ich, warum versucht's Markus eigentlich nicht bei Esther, die hat doch auch keinen Freund. Es wäre alles weniger kompliziert. Die muss sich nicht um ihre Würde kümmern oder darum, dass ein Mann und eine Frau aus purer Lust oder Neugierde auf die Idee kommen könnten, miteinander zu schlafen, die muss sich nicht ein Gewissen daraus machen, dass Markus ein Schweizer ist. Und hübsch ist sie auch, denke ich, wenn ich sie miteinander sprechen sehe, sie hat dieses Funkeln in den Augen, wie Maria, und beinahe wie Katrin.

Ich kann nicht mehr. Jetzt kann ich nicht mehr –

Es ist nicht vor allem Bildung, es ist vor allem Biographie. Was uns verbindet, ist die Assoziation.

Und wer weiss, ob Markus wirklich aus Kummer und Leid, dass es mit Maria nicht weiterging, nach Amerika verschwand.

*

Für Maria und mich kommt ein Auslandjahr nicht in Frage, ein Auslandaufenthalt kostet Tausende von Franken, und wir haben so schon Mühe, den Eltern gegenüber zu rechtfertigen, wozu wir eigentlich weiter zur Schule gehen, wo man doch eine Berufslehre machen könnte, und danach ginge es uns allemal besser als unseren Eltern, wir könnten was Anständiges werden und ihnen am Monatsende erst noch etwas Kostgeld abliefern. Maria hat noch viel weniger Berechtigung als ich, zur Schule zu gehen, weil sie ein Mädchen ist und die de Sapios schon zwei Söhne haben, die studieren.

Inzwischen sind Frühlingsferien, und ich arbeite wie immer in den Ferien in der Fabrik. Meine Mutter hat mir den Job besorgt, so wie Frau De Sapio Maria denselben Job besorgt hat. So arbeiten wir eine Woche lang in der Fabrik unserer Mütter, aber in verschiedenen Abteilungen. Pippo muss nicht arbeiten, er darf sich auf die Maturaprüfung vorbereiten.

Ich sehe Maria in den Pausen selten. Wir sprechen in dieser Woche gerade zwei Mal miteinander. Ansonsten bleibe ich bei den Männern, und Maria sitzt bei den Frauen und hört ihre Mutter prahlen, welch intelligente Tochter Maria sei und doch willig in die Fabrik arbeiten komme.

Und dann muss Maria den Freundinnen der Mutter zuhören, was deren Kinder alles sind, tun oder werden wollen.

Maria wird, wie ich es tue, wenn ich in der Pause bei meiner Mutter und ihren Kolleginnen sitze, freundlich lächeln und nicken und den einen Sohn oder die andere Tochter vielleicht sogar kennen; und wenn einmal eine neue Freundin am Tisch sitzt, wird die Frage kommen: »*Sei fidanzata?*«, und Maria wird verlegen lächeln und schüchtern den Kopf schütteln,

wie ich es tue, wenn man mich fragt, ob denn Maria nicht eine Frau für mich wäre,

und Marias Mutter wird energisch sagen: »*È ancora un po' presto, no, Maria?*« Und wird ihr mit den öligen Fingern durchs Haar streichen, wenn es arg kommt,

wie es meine Mutter mit Hingabe tut, am selben Tisch oder am Nebentisch, und sagt: »*Chissà mio figlio a chi si sceglierà? A me non importa. Basta che sia una brava ragazza.*«

In der Fabrik reden sie alle Italienisch, die Frauen untereinander, nicht nur die Italienerinnen und Spanierinnen, auch die Türkinnen mit den Jugoslawinnen und den Schweizerinnen und umgekehrt, die Vorgesetzten geben ihre Anweisungen in gebrochenem Italienisch. Uns erstaunt dies nicht, weil wir es wissen, wir fragen uns auch nicht, wie Leute wie unsere Eltern Jahrzehnte in der Schweiz leben können, ohne die Sprache zu lernen. Wir wissen, was sie antworten, wenn man sie nach den Gründen fragt.

»*Io non venietti a Svizzera, pe' m 'mparà' a lingua, io venietti pe' lavorà.*« Er sei nicht in die Schweiz gekommen, um hier einen Sprachaufenthalt zu machen, er sei gekommen, um zu arbeiten, sagt zum Beispiel mein Vater, und ich erzähle sein Bonmot weiter, inzwischen nicht mehr mit dem Gefühl, es mit einem Vortrag über die Merkmale und Gesetzmässigkeiten der Fremdarbeitersprache erklären zu müssen.

»Bist du verlobt?«
»Es ist noch etwas zu früh, nicht wahr, Maria?«
»Wer weiss, wen mein Sohn auswählen wird? Mir ist es egal. Hauptsache, es ist ein anständiges Mädchen.«

Maria und ich gehen uns während der Arbeit aus dem Weg. Wir wollen nicht zuviel miteinander zu tun haben, schon gar nicht die Pausen am selben Tisch mit unseren Müttern verbringen.
Zweimal, wie gesagt, ist es nicht zu verhindern.

Diese Freundinnen sind eine einzige Obsession, sie können eine ganze Pause lang nur von Verlobung und Heirat reden!

Anna bellosguardo non perde un ballo
Marco che a ballare sembra un cavallo
in un locale che è uno schifo
poca gente che li guarda c'è una checca che fa il tifo.

Ich habe Maria und Markus kurz zuvor zusammen gesehen, an einem Samstagabend, *in un locale che è uno schifo*, im ›Loch‹, im Jugendzentrum, miteinander tanzen, und wenn er sie tatsächlich dazu gebracht hat, dorthin zu gehen, ist mir alles klar.

Das zweite Mal, als wir in dieser Frühlingsferienarbeitswoche zusammen mit unseren Müttern am selben Pausentisch sitzen und man mich wieder wegen Maria drängt, sage ich:
»*Ma lei ce l'ha il ragazzo. Uno svizzero, si chiama Markus.*«
Maria wird rot, der Mutter stockt der Atem, selbst meine Mutter tut so, als sei sie bestürzt.

Ich wollte nicht petzen, sage ich und schaue dich hilflos an, warum hätte ich dich verraten sollen, sagt dir mein Blick, schau mich an, Maria. Ich will euch nicht auseinanderbringen, glaub mir. Woher hätte ich wissen sollen, dass du ihn deinen Eltern verschwiegen hast?

Anna mit den schönen Augen, kein Fest ohne sie
Marco, ungelenk, tanzt wie ein Vieh
zum Kotzen die Bude, ein einziger Bruch
keine Leute, nur eine Tunte dreht durch.

»Aber sie hat ja einen Freund, einen Schweizer, er heisst Markus.«

Il SECONDO DISCO

1ª CANZONE: ANTONELLO VENDITTI *NOTTE PRIMA DEGLI ESAMI*

2ª CANZONE: FABRIZIO DE ANDRÉ *LA CANZONE DI MARINELLA*

3ª CANZONE: GIANNA NANNINI *AMERICA*

4ª CANZONE: TOTO CUTUGNO *L'ITALIANO*

5ª CANZONE: FRANCESCO DE GREGORI *PABLO*

6ª CANZONE: ORNELLA VANONI *SENZA FINE*

LA PRIMA CANZONE

ANTONELLO VENDITTI *NOTTE PRIMA DEGLI ESAMI*

Die Erinnerung an die Musik scheint mir beständiger als meine Vorstellung von Maria, was ich mit Musik erlebt haben könnte, triftiger als eine Erinnerungsreise nach der anderen. Vielleicht liegt es daran, dass es mir schwerfällt, mich und Maria gleichzeitig zu sehen.

Ich könnte behaupten, es habe nie eine andere Frau gegeben als Maria, ich habe keine Mutter gehabt, und ich könne mich nicht an Katrin erinnern.

Wenn eine Mutter sagt, sie möchte eine Schwiegertochter, mit der sie reden kann, ist dies entweder selbstverständlich oder rührend. Mich wirft es aus dem Gleichgewicht in Marias verschlossene Arme.

Eine Erinnerungsreise, mit Venditti singen: *io mi ricordo*, und mich sehen, am Küchentisch sitzend, der eigenen Mutter gegenüber, es ist, *io mi ricordo*, an einem Abend vor einer schweren Prüfung.

Ich bin achtzehn und fast verliebt.

Mutter hat mich weg von meinen Büchern in die Küche gerufen, Vater ist nicht da, arbeitet Schicht, mein Bruder sitzt vor dem Fernseher, ich muss ihr gegenüber am Küchentisch Platz nehmen. Ich sitze da, unruhig. Es verheisst nichts Angenehmes, wenn Mutter offiziell wird. Ich lenke mich ab, versuche an die Prüfung zu denken und dass ich jede Aufregung vermeiden will.

Sie habe Schwierigkeiten in der Schule, höre ich, und brauche Nachhilfestunden. Mit Pippo funktioniere es nicht. Entweder er oder sie habe zuwenig Geduld, und so endeten die Nachhilfestunden immer wieder im Streit. Mit ihren Leistungen sei es in den letzten Monaten rapide abwärts gegangen, wenn sie sich nicht stark verbessere, sei ihre Promotion gefährdet. Und da habe Frau de Sapio gedacht, ich könne ihr vielleicht helfen, ich sei ja so gut in der Schule, und wir seien alte Freunde.

Meine Mutter schliesst: Unter Landsleuten muss man sich helfen.

Ich höre: unter Landsleuten im Ausland ist es das beste, man hält sich aneinander, unter Landsleuten muss man Landsmann und Landsfrau sein, unter Landsleuten muss man sich verloben, heiraten, sich fortpflanzen, Italien fortsetzen.

Ich will jede Aufregung vermeiden. Ich denke, dort in der Küche, an Katrin. Niemand darf behaupten, dass Maria und ich Freunde seien, nicht einmal meine Mutter.

Im Gegenteil: Katrin, Maria und ich, wir waren Konkurrenten.

Die Konkurrenz kämpfte um den Titel des Vorzeigeausländers am Kantonalen Gymnasium. Ich hatte ihr gegenüber bisher keine Chance, jedes Mal wurde Maria geholt, wenn es der Schule darum ging, einen Ausländer zu präsentieren, der es geschafft hat, als Beweis dafür, dass die Schweiz allen die gleichen Bildungschancen gibt. Sie wurde gefilmt, als das Fernsehen da war, sie wurde für den Jahresbericht der Schule fotografiert, sie wurde von der Zeitung interviewt, wenn es um die Integration der jugendlichen Ausländerinnen ging, bestenfalls an Podiumsdiskussionen konnte noch ein anderer Ausländer neben ihr auftreten. Immer sie durfte, sie war hübsch, regte die Phantasien der Lehrer an, die meisten Lehrer und selbst der Rektor protegierten sie schamlos.

Dass sie schlecht ist in der Schule, finde ich, dort in der Küche, auch den anderen Ausländerinnen und Ausländern gegenüber gerecht.

Merkwürdig nur, dass diejenigen, die sie jetzt offenbar bestrafen, dieselben sind, die sie stets bevorzugt haben.

Ich sitze in der Küche und sträube mich. In den Kirchenchor und in die *corsi* war ich, das stimmt, mit der Zeit lieber als in den Fussballclub gegangen, weil es dort lauter italienische Mädchen gab.

Fussball kann einen in einem gewissen Alter interessieren, wenn man der Star der Mannschaft ist oder gutaussehend und fast ein Star, aber nicht, wenn man einen Bänderriss hat und etwas übergewichtig die Ersatzbank drückt. Die Mädchen, die an die Spiele kommen, schauen nicht auf die Ersatzbank. Es wäre schwierig gewesen, ihnen zu erklären, dass Fussball ein Mannschaftssport sei, es auch die auf der Ersatzbank brauche, der Trainer sogar sagt, dass im Fussball alle gleich wichtig sind, vor allem die auf der Ersatzbank, weil die die Stimmung in der Mannschaft bestimmen.

Corsi und Kirchenchor, hatte ich intuitiv gespürt, ist auch ein Mannschaftssport, mit Mädchen, und so lernte ich mittwochnachmittags immer lieber. Ich lernte, wie hart es mit Italienerinnen ist, auch bei zweimal wöchentlichem Training, Mittwoch- und Samstagnachmittag, weil hinter der Ecke stets die Familie lauert. *Sono tutte permalose*, hätte ich schliesslich ins Tagebuch geschrieben, und weil ich keines führe, schreibe ich's hierhin, dass alle Italienerinnen sich zieren.

In den *corsi* wollte ich nichts lernen; im Kirchenchor lernte ich nicht Noten lesen, etwas singen, vor allem Pingpong spielen. Ich lernte aus Erfahrungen, dass Schweizer Mädchen angenehmer sind, massiv unkomplizierter sogar, mit denen konnte man sich treffen, jeden Abend am Wochenende, bis zwölf, und dies ohne Lügengeschichten und ohne sich gleich fürs Leben zu verpflichten!

Ich spielte jetzt mit Katrin, seit diesem Sommer, im Garten vor dem Jugendzentrum, manchmal, solange es noch warm war, bis in die Nacht hinein.

Katrin war ganz anders als Maria, sie trug Latzhosen und Silberschmuck: an den Fingern, um den Hals, an den Ohren, im Haar. Maria hätte nie Latzhosen und nie etwas anderes als Gold getragen.

Ich sitze also in der Küche und sträube mich. Ich will nichts mit Maria zu tun haben, nie mehr. Ich glaube, ich bin ernsthaft in Katrin verliebt und möchte es meiner Mutter sagen, bevor ich es Katrin sage. Ich mache seit Wochen Anspielungen, um herauszufinden, wie Mutter reagieren würde, falls es mit Katrin klappen sollte. Anspielungen, die meine Mutter vollkommen ignoriert hat.

Ich sehe meine *mamma*, damals, am Küchentisch, und sie gibt mir zu verstehen, ich sollte ja dereinst eine Italienerin nach Hause bringen.

Seit ich weiss, dass ich ein Junge bin, weiss ich, dass ich mir einmal eine Frau suchen werde. Seit ich ein Junge bin, weiss ich, dass man sich zuerst verlobt, *uno si fidanza e poi si fa una famiglia. Quando ti farai una famiglia anche tu, vedrai.*

Marias und meine Mutter arbeiten im selben Betrieb. Sie sprechen jeden Samstag, wenn sie sich im Supermarkt beim Einkaufen treffen, über uns.
Ich denke an diesem Abend an die schwere Prüfung, die ansteht, und ob Maria eine ist, die gewissenhaft lernen kann, oder ob sie sich in der Schule daran gewöhnt hat, dass sie alles umsonst bekommt.
Ich sehe, jetzt in Erinnerung, meine Mutter mir gegenüber fordernd sitzen und mich wegschauen, auf den frisch geschrubbten Boden.
Bei einem der letzten Samstagmorgeneinkäufe werden meine und ihre Mutter auf Marias Probleme mit der Schule zu sprechen gekommen sein, stelle ich mir vor. Endlich gäbe es einen Weg! Ich vermute, dass Mutter sofort meine Dienste zur Verfügung gestellt hat, denn sie konnte sich weit in meine Zukunft hinein Sorgen machen und entsprechende Vorkehrungen treffen.

---

man verlobt sich und gründet eine Familie. Wenn du eine Familie gründen wirst, wirst du sehen, was das heisst.

Immerhin waren wir beide jetzt fast achtzehn, nicht verlobt, beide aus gleich armen Verhältnissen, aber mit guten Aussichten für unsere Zukunft. Ich würde ein *dottore*, ein *avvocato* oder ein *ingegnere* werden und eine Menge Geld verdienen. In einer solchen Position käme für mich dann keine gewöhnliche Italienerin als Ehefrau, eine *parrucchiera*, eine Coiffeuse etwa, in Frage. Da würde meine Frau schon im Minimum gepflegt Deutsch sprechen müssen.

Warum nicht Maria? Warum nicht Italien? Italien ist so schön wie Maria. Katrin spricht kein Wort Italienisch. Denke ich damals, und jetzt, verblüfft: Sollte sie, um mein Gewissen zu beruhigen?

Ich bin ein sehnsüchtiger Jugendlicher, der an schwere Prüfungen denkt, um nicht daran denken zu müssen, dass er keine Freundin hat, und der weiss, dass den *ragazzi* gegenüber eine der beiden, Maria oder Katrin, zur Freundin zu haben, ein persönlicher Erfolg wäre, der nicht durch schulische Leistungen zu erreichen ist.

Ich denke an Marias Mutter, wie sie, vielleicht am selben Abend, an ihre überbehütete Tochter denkt. Im Gegensatz zu ihrem Mann nimmt sie die Schweizer Welt um sich wahr, weiss, dass sie, wenn sie nichts tut, ihre Tochter an einen Schweizer verliert. Selbst ein Italiener, dessen Familienverhältnisse man nicht kennt, ist keine Sicherheit. Anderseits gilt es für eine Mutter zu bedenken, dass es zwei Sorten unmöglicher italienischer Frauen gibt: Entjungferte Mädchen und alte Jungfern. Ein Mann stürzt eine Frau ins Unglück, ein Mann macht sie gesellschaftsfähig. Zwischen diesen beiden Ängsten bewegt sich die Sorge einer Mutter. Rechtzeitig Rettung bringt nur die Verlobung, die versprochene Ehe. Maria hat sich glücklicherweise noch mit keinem dieser Schweizer, die sie umschwärmen, ernsthaft eingelassen. Nun dürfte es an der Zeit sein, sie für mögliche Freier aus dem Verkehr zu ziehen und sie mit einer guten Partie, einem seriösen Italiener, zu verloben.

Das Angebot, wird meine Mutter denken, sei für mich lukrativ. Es gebe keinen Grund, nicht darauf einzusteigen. Sie würde mir nicht glauben, dass ich ernsthaft irgendein anderes Mädchen Maria vorziehen könnte.

Maria wird wollen, gibt mir meine Mutter zu verstehen. Wo findet sie jemanden wie ihren Sohn?

›Und du‹, denkt meine Mutter, ›wo wirst du etwas Besseres als Maria finden?‹

Ich wage es nicht. Nur einen Namen müsste ich aussprechen: Katrin. *Caterina.*

Si chiama Caterina. Suo padre è poliziotto.

Noch nicht, sage ich mir. Katrin würde Italienisch lernen, ich hatte ihr schon alle meine Kassetten ausgeliehen, sie hatte einen Sinn für *cantautori*.

Mutter würde nicht akzeptieren, dass mir ein Mädchen mit hellbraunen Haaren, das nach Patchouli riecht und deren Mutter wunderbare Kuchen bäckt, die wir im Garten vor dem Jugendzentrum naschen, mir mehr bedeutet als ein Mädchen, das Neapolitanisch spricht und hübsch ist wie Maria.

Ich sage Mutter, ich hätte keine Zeit für Nachhilfestunden, wenn ich mich nicht selber in der Schule verschlechtern wolle.

Mutter wiederholt, als Ausländer müsse man sich mit seinen Landsleuten solidarisch zeigen und auch mal ein Opfer bringen.

Ich sage, ich sei in Mathematik selber eine Flasche.

Mathematik sei auch nicht das Hauptproblem.

In Deutsch sei ich auch nicht gerade ein Hirsch.

Aber besser als Maria. Ich könne ihr bestimmt helfen.

Ich hätte selber in letzter Zeit Schwierigkeiten in der Schule.

Meine Mutter erbleicht. »*Che cosa stai dicendo?*«

Sie heisst Katrin. Ihr Vater ist Polizist.
»Was sagst du da?«

Ich setze ein beschwichtigendes Lachen auf, entschuldige mich, es ist besser, werde ich gedacht haben, den Bogen nicht zu überspannen, und frage deshalb, wann und wo die Nachhilfe stattfinden soll. Vielleicht wanke ich auch schon. Wenn Maria mich unbedingt will, ich weiss nicht, es wäre immerhin eine Gelegenheit, Maria besser kennenzulernen. Und dass ich Katrin eigentlich nicht verpflichtet bin. Ich glaube, ich stehe sogar auf, gehe zu meiner Mutter und umarme sie.

Ich will mir meine Mutter als fürsorgliche Mutter vorstellen, die meine Sehnsüchte versteht. Nicht eine, die findet, ich solle mich langsam mit einem Mädchen befreunden, sonst, müsse sie befürchten, sei vielleicht mit mir etwas nicht in Ordnung. Sie hat eine Umarmung verdient: Jemand Besseres als Maria hätte ihr für mich nicht einfallen können. Katrin konnte sie nicht in Betracht ziehen. So gesehen will sie das Beste für mich.

Es dauert, bis einer wie ich versucht, jemand zu sein, unabhängig von anderen.

Am nächsten Mittwochnachmittag könne ich anfangen, bei ihnen zu Hause. Die arme Frau de Sapio müsse den ganzen Tag arbeiten, und ihr Mann sei immer im Schrebergarten, wenn er von der Schicht heimkomme. Aber Pippo werde zum Rechten schauen.

Ich bin sprachlos. Ich löse die Umarmung und schaue meine Mutter verständnislos an. Jetzt wollen sie uns verkuppeln, und gleichzeitig stellen sie einen Aufpasser an. Was soll denn das? Pippo hat im letzten Sommer die Matur gemacht, weiss in allem besser Bescheid als ich, und er soll nun daneben sitzen und aufpassen?
Aber die beschwichtigende Reaktion meiner Mutter zeigt: Pippo hat nur pro forma den Auftrag aufzupassen. Er wird mit Sicherheit nicht anwesend sein, nur nach aussen, daran haben die Mütter gedacht, muss der Schein gewahrt werden.

Dass es für andere einen ganz anderen Schein nach aussen macht, das konnte unseren Müttern nicht einfallen.

Venditti. Stillt die *musica leggera* die Sehnsucht nicht besser als jedes Mädchen?

Ich stehe auf.

Ich müsse noch lernen. Es ist *la notte prima dell'esame*.

Ich solle Maria morgen in der Schule suchen und mit ihr die genaue Uhrzeit vereinbaren.

Erst, als ich wieder in meinem Zimmer bin, darüber nachdenke, ob ich mit Katrin diese Woche etwas abgemacht habe, fällt mir ein, dass Maria ja eigentlich etwas von mir will, oder? Dass also, wenn schon, sie mich suchen müsste. Aber ich mag nicht in die Küche zurückgehen.

So bleibe ich an meinem Pult sitzen, hole die Kassette, lege Venditti ein, *La notte prima degli esami*, ich kann nicht mehr lernen.

Ich würde Katrin nichts zu sagen brauchen. Der Mittwoch ist Marias und mein Nachmittag.

LA SECONDA CANZONE

FABRIZIO DE ANDRÉ *LA CANZONE DI MARINELLA*

Als ich Maria am anderen Tag schliesslich in der Schule finde und auf die Nachhilfe anspreche, reagiert sie abweisend. Sie brauche keine Hilfe, und wenn schon, ziehe sie es vor, selber jemanden zu bestimmen, ihre Freundin Esther zum Beispiel.

Sie sagt, ich solle es nicht persönlich nehmen, es gehe ums Prinzip.
Wenn sie lieber mit jemand anderem, sage ich und verstumme.
Warum sollte ich erpicht sein, ihr zu helfen, als ob ich nicht wüsste, wie die Mittwochnachmittage zu verbringen, ohne Fussball, ohne *corsi*, ohne Italienerinnen.
Ich nehme es nicht persönlich, eigentlich geht es mir ums Geld, obwohl davon nicht die Rede war. Doch darf ich wohl annehmen, dass die Mütter wenigstens auch etwas Lohn für mich eingeplant haben.
Ich will gehen, als Maria mich am Arm packt, mich zu sich zieht und sagt: »*Dove vai? Mi fa piacere di poter studiare con te, davvero.*«
Es ist das erste Mal seit langem, ich glaube, ich habe vergessen, wie sie einen anschauen kann, oder hat sie sich seit der Chorzeit gesteigert?
»Ich müsste mich unbedingt verbessern in der Schule«, sagt sie noch, bevor wir den Termin vereinbaren.

Der erste Mittwochnachmittag, an dem ich zu ihr gehe, ist im Spätherbst, November. Zeugnisse haben wir zuletzt vor den Herbstferien bekommen, Maria ist ins Provisorium versetzt worden, wenn sich ihre Leistungen bis zum Schuljahres-

---
»Wohin gehst du? Ich freue mich, mit dir zu lernen, wirklich.«

ende im Frühling nicht verbessern, muss sie das Schuljahr repetieren.

Es wird gegen drei sein, als ich aufbreche. In ein paar Minuten ist man von unserer Wohnung aus bei ihr. Ich wohne mit meinem Bruder und meinen Eltern in einer Mehrfamilienhaussiedlung nahe den Bahngeleisen, Maria mit ihrer Familie in einem Dreifamilienhaus auf der anderen Seite.

Katrin wohnt in einer Aussengemeinde, sie fährt stets mit dem Fahrrad, auch nachts und bei jedem Wetter. Sie hat mir geschworen, dass sie niemals die Autofahrprüfung machen wird.

Ich gehe durch die Fussgänger- und Fahrradunterführung. Links führt eine Strasse Richtung Stadt, rechts dem Bahngeleise entlang ein Schotterweg, eine Abkürzung zu Marias Wohnhaus. Es ist eines der letzten Häuser der Stadt, ostwärts, dahinter liegt eine grosse Schrebergartenanlage, dahinter die Kehrichtverbrennungsanlage, woher es bei Bise unangenehm riecht.

Das Dreifamilienhaus ist alt, fast baufällig. Die Mieter halten es selber in Stand, das heisst, Marias Vater schaut, als ungelernter Maurer, allein dazu, aber seit sich herausgestellt hat, dass als Erkenntlichkeit des Hausbesitzers an Weihnachten bloss ein Dankeschön und ein Rollschinken herausschaut, macht er nur noch das Allernotwendigste. Die Mieten sind billig, billiger als in unserer Siedlung. Ich muss, der Abkürzung wegen, um einen verrosteten Zaun herumgehen. Das Haus hat wenig Garten, einige alte Nadelbäume dem Zaun entlang. Dahinter sehe ich eine Teppichstange, gestapeltes Brennholz in einem offenen Schopf und winzige Beete, die für die nächste Aussaat hergerichtet sind. Jeder Quadratmeter Garten, scheint es, hat seinen bestimmten Zweck.

Marias Eltern wohnen im zweiten Stock, im ersten ein alleinstehender, stadtbekannter Fahrlehrer, der als junger Mann ein Frauenheld gewesen sein soll, jetzt, als Pensionierter, kann man ihn zu jeder Zeit mit einer vom Alkohol geröteten Nase in einem der Wirtshäuser der Stadt sehen.

Neben dem Eingang steht unter einer Plastikplache ein Seitenwagenmotorrad, ein Oldtimer, mit dem das unverheiratete Paar, das im dritten Stock wohnt, im Sommer Touren unternimmt.

Im dunklen Treppenhaus riecht es unangenehm, eine Mischung aus Scheuermittel, Feuchtigkeit und altem Öl. Ich überlege, wo der Lichtschalter sein könnte, gehe dann doch gleich die Treppen hoch. Bis zum ersten Stock sind die Stufen aus Stein, dann aus Holz.

Ich weiss, mir ist komisch zumute, als ich vor ihrer Tür stehe. In schwarzem Plastik sind die Worte »FAMIGLIA DE SAPIO« gestanzt und über der Klingel angebracht. Ich höre keinen Laut aus der Wohnung, selbst nachdem ich geklingelt habe.

Ich klopfe.

Als ich mich schon abgewendet habe, höre ich unten die Haustür aufgehen. Ich lehne mich über das Geländer hinunter und erkenne Marias Haare.

»*Ciao*«, rufe ich ihr entgegen.

»*Sei già qui*«, begrüsst sie mich. Sie hält einen Papiersack in den Händen. »*Sono stata alla Coop* – Orangensaft kaufen. Wir haben nichts im Haus sonst, ausser Wein, Bier.. *E acqua dal rubinetto.*«

Wir verzichten auf eine weitere Begrüssung. Auch, weil wir nicht recht wissen, ob wir uns dabei auf die Wangen küssen sollen. Ich hasse diese Begrüssungsküsserei, eigentlich schon immer. Jedenfalls in Italien. Da müssen alle geküsst werden: Grossmütter, Grossväter, Tanten, Onkels, Kusinen und Cousins, selbst die Nachbarn.

Maria fischt den Schlüssel aus einem Schuh neben dem Eingang. »*Pippo è uscito senza chiave, e non so quando torna.*«

»Bist du schon hier. (...) Ich war im Coop. (...) Und Leitungswasser.«
»Pippo ist ohne Schlüssel weggegangen, und ich weiss nicht, wann er zurückkommt.«

Habe ich also richtig vermutet!

»Und dein Vater. *Fa i turni?*«

Vielleicht ist das eine zweideutige Bemerkung, aber sie wird mir ohne Hintergedanken eingefallen sein.

Ich sehe Maria von hinten mit dem Kopf nicken; sie hat die Tür geöffnet und lässt mich in den Gang eintreten.

In der Wohnung ist es kühl und ziemlich düster. Es liegt auch am Wetter, der Himmel draussen ist dunkel verhangen. Die Wohnung scheint mir eng, enger als unsere, auch wenn Maria und Pippo, seit Enzo ausgezogen ist, ihr eigenes Zimmer haben. Ich muss meines mit meinem Bruder teilen. Vom Gang aus geht es links in die Küche, rechts in die Stube, und von da aus in zwei weitere Zimmer, in Pippos Zimmer und in das elterliche Schlafzimmer, was ich aber erst in den folgenden Wochen feststellen werde. »Geh schon vor«, sagt sie und deutet den Gang entlang.

Marias Zimmer ist am Ende des Ganges.

Ich trete ein, bleibe auf der Schwelle stehen und studiere die Einrichtung. Es ist klein, sehr ordentlich und dürftig eingerichtet. An den Wänden verschiedene mit Reissnägeln angebrachte Van-Gogh-Reproduktionen, an der Pinwand über dem Schreibtisch zwei Postkarten, eine mit dem Capitol, die andere mit einem anderen weissen Gebäude, das ich nicht kenne, und ein aus einer Zeitschrift ausgeschnittenes Bild von Vasco Rossi. Über dem Bett ein Kreuz, wie man es zur Firmung bekommt. Neben dem Bett auf dem Nachttisch eine billige Stereoanlage, Plattenspieler, Kassettengerät und Lautsprecher in einem, darunter ein Stapel Platten.

Schliesslich fällt der Blick auf eine Setzkastenfigur, sucht dann das ganze Zimmer danach ab: überall, auf der Kommode, auf der Bettumrandung, auf dem Schreibtisch, auf dem Büchergestell stehen sie.

Ich beuge mich zur Stereoanlage und schalte sie ein. Ich kann nicht erkennen, welche Platte auf dem Teller ist, die Etikette ist abgeschabt.

»Hat er Schicht?«

Maria kommt herein mit zwei Gläsern Orangensaft in der Hand. »*Vuoi ascoltare?*« fragt sie, stellt die Gläser auf den Schreibtisch neben das Fenster und setzt den Plattenspieler in Gang.

Aus den Lautsprechern hört man lautes Rauschen, dann eine dunkle Stimme:

»Questa di Marinella è la canzone vera
che scivolò nel fiume a primavera
ma il vento che la vide così bella
dal fiume la portò sopra una stella.
Sola senza il ricordo di un dolore
vivevi senza il sogno di un amore...«

Maria stellt leiser.
»*Bello, davvero, che cos'è?*«
»*De André*«, sagt Maria beiläufig.
Ich kenne ihn zu diesem Zeitpunkt noch nicht.
Maria hat viel mehr Platten als ich Kassetten, wie ich gleich gesehen habe.
»Von Enzo«, sagt sie auf eine entsprechende Bemerkung, »er bringt mir immer welche mit.«
»So«, sage ich betont gleichgültig. Es interessiert mich nicht. Ich spiele den Fremden. Ich stehe inzwischen am Fenster und schaue auf die Strasse, die zu den Schrebergärten führt.
»Den Zug hört man ganz nah – *terribile!*«
»Du hast es besser, dein Zimmer ist gegen Norden«, sage ich, »*dovresti venire a casa mia. Dalla mia stanza si vedono i binari.*«
Ich habe mich wieder umgedreht und schaue mich im Zim-

»Willst du hören?«

»Diese von Marinella ist die wahre Geschichte
die in den Fluss rutschte im Frühling
aber der Wind, der sie so schön sah
brachte sie vom Fluss auf einen Stern.
Alleine, ohne die Erinnerung an einen Schmerz
lebtest du ohne den Traum einer Liebe...«

»Du solltest mal zu mir kommen! Von meinem Zimmer sieht man auf die Geleise.«

mer nach einer Sitzgelegenheit um. Es gibt nur einen Stuhl, den am Schreibtisch.

Sie bemerkt, was ich suche.

»Setz dich auf den Bürostuhl – *Io mi metto sul letto*.«

Das Bett steht an der anderen Wand, dem Schreibtisch gegenüber.

»Was sollen wir tun?« sage ich, als sie sich aufs Bett gelegt hat.

Die Frage ist im Ton harmlos. Ich will ihr imponieren.

Ausserdem sehe ich mich als frühreifen Jugendlichen, im Sinne, dass ich Ironie verstehe und anwende.

Sie zuckt mit den Achseln. Ich nehme an, sie hat meinen Witz nicht kapiert.

»*Francese?*« sagt sie ebenso harmlos, »sag du, was du machen willst.«

Ich werde etwas verlegen und schaue auf ihre Füsse, dann an ihr hoch. Sie liegt auf dem Bett, den Kopf auf dem Kissen, die Hände dahinter verschränkt, die Beine angewinkelt. Sie trägt Jeans und einen dunkelgrünen Pullover, der eng anliegend ist, so dass sich die Konturen ihrer Brüste abzeichnen. Ich wende den Blick von ihr weg, zum Fenster hinaus.

Katrin ist nicht weniger hübsch und nicht hübscher. Katrin ist nicht weniger interessant und nicht interessanter. Es wird dauern, bis ich versuchen werde, etwas zu wollen, unabhängig von anderen.

Dann fällt mir ein, wozu ich eigentlich hier bin. Ich fordere sie auf, die Bücher hervorzunehmen, damit wir mit dem Lernen anfangen können.

»Bist du denn schlecht in Französisch?« frage ich, während ich wieder zum Fenster hinausstarre.

Im Fenster würde man Schrebergärten, Felder, dahinter monumental den Kamin der Kehrichtverbrennungsanlage sehen.

»Ich lege mich aufs Bett.«

Ich kann mir unmöglich vorstellen, dass eine Italienerin Mühe hat mit Französisch.

»Mündlich nicht«, sagt sie, »aber beim Keller zählt nur das Schriftliche; und mit der Orthographie komme ich gar nicht zurecht.«

Sie steht auf, gibt mir Bücher, nimmt für sich ein Heft und Schreibzeug, und wir üben Französisch: Ich diktiere ihr Texte aus der Lektion, die sie gerade behandeln. Sie liegt nun bäuchlings auf ihrem Bett und schreibt in ein Übungsheft.

Sie ist nicht konzentriert, unterbricht oft und beginnt über irgend etwas zu sprechen. Ich gehe darauf ein, unruhig, immer im Hinterkopf, dass wir eigentlich weitermachen sollten.

Mich stört diese ständige Musik beim Lernen, de André ist sehr schön, aber wie soll man sich zu Musik im Hintergrund konzentrieren?

La terza canzone

Gianna Nannini *America*

Wenn ich Lebensläufe wiedergeben, mich meines selbst gelebten Lebens erinnern würde, ich wäre der Wahrheit verpflichtet und müsste mir überlegen, ob es eine wie Maria in meinem Leben wirklich gab; und wenn ja, ob ich so sicher sein kann, dass meine Mutter mich mit ihr hätte verheiraten wollen.

Erst anschliessend würde ich mich fragen, was mir, im Rückblick, am meisten peinlich sein müsste: dass ich nach wenigen Nachhilfestunden in Maria verliebt bin und ich es mir nicht eingestehen will? Dass ich Katrin vernachlässige, ihr aus dem Weg gehe, ohne ihr einen Grund dafür anzugeben? Dass ich in der Schule damit herumprahle, Maria und ich verbrächten die Mittwochnachmittage in ihrem Zimmer? Dass ich die Nachhilfe solange hinauszögere, bis Marias Mutter heimkommt und mich nötigt, zum Nachtessen zu bleiben?

Zunächst scheint mir, es sei, ohne mein Dazutun und ohne, dass ich etwas riskieren müsse, entschieden; genau das also, was ich mir heimlich erhoffte: Zum Nachtessen bleiben heisst in Neapel so viel wie *fare l'amore in casa*, was so viel heisst wie verlobt sein. Und Maria macht mit, ist freundlich zu mir, lieb sogar, nichts trübt meine wachsenden reinsten Gefühle, so dass ich sicher bin, dass nichts mehr fehlt, ausser meinem Wort, meinem Antrag. Ich bin ein Italiener und weiss, dass es an mir liegt zu fragen. Ich sehe ein, dass ich ein Mann, prestige- und statusbewusst, bin, der auf dieser Welt jeder Frau eine gesicherte Zukunft wird bieten können. Die de Sapios müssten von Glück reden, wenn ich mich ausgerechnet für ihre Tochter entscheiden würde. Wir beide, Maria und ich, stellen etwas dar. Man muss schauen, dass die Richtigen zusammenkommen, gerade im Ausland.

*

Es ist Mitte Dezember, kurz vor Weihnachten. Wir haben uns etwas mehr als eine Stunde mit Physik beschäftigt oder haben so getan als ob, Physik ist unfassbar für mich, ich brauche dazu keinen schlechten Willen, es liegt in meiner psychischen Konstitution begründet, als Maria aufsteht und sagt, sie müsse sich jetzt zurechtmachen.

Am Abend, erzählt Maria seit Wochen, wollen irgendwelche *ragazzi*, nicht ich, der ich vielleicht auch gewollt hätte, sie und Esther ausführen, zum Nachtessen, dann zum Tanzen. Die Eltern haben die Erlaubnis gegeben, weil Maria der Mutter angegeben hat, ich führe sie aus.

Um sechs. Es ist nach fünf.

Sie schaut mich an.

Ich will gehen.

Sie sagt: »*Allora a mercoledì prossimo.*«

Dann fällt mir ein, und ich sage es auch, dass ich doch noch ihre Geographiearbeit anschauen sollte, die sie morgen abgeben müsse.

»Aber ich muss jetzt duschen«, sagt sie.

Ich stehe auf. »Also, mir ist es ja egal«, sage ich.

Maria richtet sich ruckartig auf, geht zum Schrank, holt Unterwäsche und einen Bademantel heraus und sagt, bevor sie aus dem Zimmer geht: »Gut. Bleib doch bitte, wenn es dich nicht stört. Die Arbeit ist im Pult. *A destra, nel cassetto*, in einem Mäppchen.«

Ich zögere, überlege, ob das schlau war, setze mich schliesslich wieder, nehme rasch die Blätter hervor und tue so, als beginne ich gewissenhaft mit meinen Korrekturen, was nicht schwer vorzutäuschen ist, denn sie macht wenig Fehler beim Schreiben, das weiss ich.

Beim ersten Innehalten, es ist ein Vortrag über Amerika, Geologie, Bodenbeschaffenheit und anderes, wovon ich nicht gedacht hätte, dass es das gibt, dass das eine interessiert, wenn sie Amerika hört, und nicht denkt, *fammi sognare, lei si*

»Also, bis nächsten Mittwoch.«
Rechts, in der Schublade
lass mich träumen! sie beisst sich in den Mund und spürt Amerika

morde la bocca e si sente l'America, möchte ich aufstehen und fluchtartig gehen. Ich habe Angst, dass die Mutter oder Pippo nach Hause kommen. Sie unter der Dusche, ich in ihrem Zimmer auf sie wartend, ich würde sterben vor Scham.

Ich bleibe sitzen.

In der Literatur, bei Boccaccio, würden wir verheiratet, sobald die Eltern uns entdeckten.

Später kommt sie im Bademantel zurück und beginnt, ihre Haare zu trocknen. Ich sitze auf dem Bürostuhl und sehe ihr zu. Wir sprechen. Ich möchte mich erinnern, dass wir über Sexualität sprechen.

»*Non si dovrebbe andare a letto con qualcuno se non si vuole avere dei figli.*«
»*Brava, chi t'ha insegnata così? Don Alfonso?*«
»*Scemo, io dico solo che uno non deve essere...* wie sagt man... fahrlässig?«
»*Boh!*«
»Wenn man einen Menschen nicht so liebt, dass man sich vorstellen kann, ein Kind mit ihm grosszuziehen, sollte man nicht mit ihm schlafen. *Non ti sembra?*«

Es folgt eine Pause, sie sitzt im Bademantel mir gegenüber und bürstet sich die Haare,

ich sehe ihr eine Weile zu,

bis ich sage, dass ich mit den Korrekturen durch sei, es sei keine umwerfende Arbeit, aber für ein Genügend sollte es reichen.

Ich lege die Blätter ins Mäppchen, versorge es in der Schublade, stehe auf, um zu gehen, aber sie drückt mich zurück auf den Stuhl: »*Aspetta!* Willst du mich beraten?«

»Man sollte nicht mit jemandem schlafen, wenn man keine Kinder will.«
»Bravo! Wer hat dir das beigebracht? Don Alfonso?«
»Idiot, ich sage nur, einer sollte nicht...«
»Weiss nicht.«
»Findest du nicht?«
»Warte!«

Ihre Haare sind offenbar ausreichend trocken, sie legt die Handtücher weg, stellt sich vor den Schrank und öffnet ihn.

Sie steht lange davor. Von dort, wo ich sitze, sehe ich nicht ins Innere des Schrankes.

Ich schaue sie an. Ihr Bademantel ist aus rosa Frottee. Sie erinnert mich an Kranke, wie sie in den Spitalgängen herumstehen.

Sie fragt: »Kannst du dir vorstellen, ein Lied über Selbstbefriedigung zu singen? Würdest du dich nicht schämen?«

Ich bin mir nicht mehr sicher, ob sie mich das fragt und ob ich sage: »Doch, aber nur mittwochs.«

»*E a chi pensi?*«

»*A Gianna Nannini.*«

»*Sporcaccione!*«

Sie hat ein paar Kleider hervorgezogen und auf das Bett gelegt.

»*Gli uomini son' tutti uguali*. Triebwesen, alles Triebwesen, und erst noch stolz darauf«, sagt sie, während sie die Kleider auf dem Bett auslegt. »Meinst du, das passt zusammen?« fragt sie dann und schaut mich an.

Schwarze Jeans, ein schwarzes T-Shirt, eine grüne Bluse, ein Ledergürtel liegen nebeneinander auf dem Bett. »*Sopra ci metto la giacca di pelle marrò.*«

Immer grün, denke ich.

»*Sì, sì*«, sage ich.

Es interessiert mich natürlich überhaupt nicht, wie sie angezogen ist, wenn sie mit anderen ausgeht. Oder doch: die ältesten und dreckigsten Lumpen wären gerade gut genug.

Viele ihrer Miniaturen sind kleine Parfümfläschchen. Ich stehe auf und gehe zum Büchergestell, auf dem die Fläschchen stehen. Ich wende ihr den Rücken zu. Ich höre, dass sie

---

»Und an wen denkst du?«
»An Gianna Nannini.«
»Schmutzfink!«
»Die Männer sind alle gleich.«
»Darüber ziehe ich die braune Lederjacke an.«

hinter mir ihren Bademantel auszieht und fallen lässt. Ich schaue angestrengt auf die Parfümfläschchen.

»*Ma come?* Nur Parfums von italienischen Designern?« frage ich und werfe einen Blick zurück. Der Vorwand ist lächerlich, aber er lohnt sich. In einem Film würde es sich nicht lohnen, aber hier schon. Sie trägt einen rosa BH, einen weissen Slip und schwarze Socken. Sie scheint mir sehr schlank, noch schlanker, als ich sie mir vorgestellt habe. Ich versuche mir den Anblick einzuprägen. Sie streift sich gerade das T-Shirt über. Dabei fällt mir auf, dass ihr Achselhaar dunkler ist als ihr Kopfhaar.

Als sie das T-Shirt übergezogen hat, fragt sie: »*E tu che ne capisci di profumi?*«

Ich wende mich wieder ab und sage knapp*: »Come no!«*

Ich rieche an den Fläschchen und wähle schliesslich ein schweres Parfum aus, das mich an Weihnachten erinnert, schwermütig und kitschig.

»*Prendi questo!*«

Sie ergreift das Fläschchen, ohne es anzuschauen. Sie ist jetzt angezogen und zupft sich die Bluse zurecht.

»*Allora?*« fragt sie und dreht eine Pirouette vor mir wie Loretta Goggi oder Lorella Cuccarini oder Heather Parisi.

»Super.«

Die Wohnungstür geht auf, und Pippo ruft einen Gruss in den Gang. Ich stelle mir vor, was geschähe, wenn die Eltern sich vorstellen würden, was in diesem Zimmer vor sich geht. *Dio mio!* Ein Skandal? Oder ob wir wirklich auf der Stelle verheiratet würden?

Ich packe entschlossen meine Mappe und sage: »So, ich muss jetzt. *È tardi*.«

Pippo kommt zum Glück oder nicht zum Glück, ich bin

»Was?«
»Was verstehst du von Parfums?«
»Klar!«
»Nimm dieses!«
»Und?«
»Es ist spät.«

verwirrt, nicht den Gang entlang. Er ist wahrscheinlich in die Küche abgebogen. Er ist verfressen und nicht neugierig, schon gar nicht argwöhnisch.

Maria kommt auf mich zu. Sie strahlt. Sie scheint es mir nicht übel zu nehmen, dass ich sie nie zu einem Nachtessen einlade. Vielleicht möchte sie es gar nicht. Sie packt mich an den Schultern, küsst mich links und rechts auf die Wangen und sagt: »Danke.« Sie scheint mir ziemlich aufgedreht, wahrscheinlich weil sie sich auf den Ausgang freut. So was muss einem wie ein Dolch ins Herz dringen, auch wenn ich unsicher bin, was ich von Maria will.

Vielleicht freut sich Maria auch nur, weil sie so selten ausgehen darf, sage ich mir.

Hastig verlasse ich die Wohnung. Erst im Treppenhaus merke ich, dass ich mich nicht von Pippo verabschiedet habe. Ich renne mehr, als dass ich gehe. Zu Hause komplimentiere ich meinen Bruder aus unserem Zimmer, verriegle die Tür und lege mich mit den Kleidern unter die Bettdecke. Ich knöpfe die Hose auf und versuche, mir Maria in Slip und BH vorzustellen. Das Bild ist da und verschwindet wieder, ich kann es kaum halten. Andere Bilder drängen sich vor: Maria in ihrer grünen Bluse an einem Tisch in einem Restaurant, ich meine, ihr Blick ist auf mich gerichtet, dann merke ich, dass sie haarscharf an mir vorbeisieht.

Maria nackt auf ihrem Bett, Schneidersitz, ein Mikrophon in der einen Hand, Kopf darüber gebeugt, dass die Haare das Gesicht bedecken, *Gianna Nannini: America* singend, die andere Hand an ihrem Geschlecht.

Maria in Hochzeitskleidern, ein Baby in den Armen, Blick auf mich. Links von ihr meine, rechts ihre Mutter.

Ich hantiere eine Ewigkeit an mir herum, wie mir scheint, zwischendurch wünsche ich mir, aufstehen zu können, aber die Erregung ist stärker. Endlich schaffe ich es, im ersten Moment bin ich euphorisch, als hätte ich das Unerreichbare geschafft, dann, sobald ich den weichen, feuchten Rotz auf meiner Hand spüre, ekle ich mich. Ich springe auf und eile zur Toilette. Ich wasche mich, aber ich fühle mich nachher nicht erleichtert.

Ich lege mich wieder ins Bett und falle augenblicklich in einen unruhigen Schlaf, sehe mich in Marias Zimmer auf dem Bürostuhl sitzen, Maria hält ein Buch in der Hand und liest mir vor, Gedichte, geheimnisvolle Worte, Zaubersprüche, die mich an sie fesseln. Maria sitzt entweder mit gekreuzten Beinen auf dem Bett, das Buch auf ihren Oberschenkeln, den Oberkörper darüber gebeugt, oder sie liegt bäuchlings auf dem Bett, den Kopf mit der einen Hand aufstützend, mit der anderen das Buch offen haltend. Gleich bleibt, dass ihr ständig die Haare ins Gesicht fallen und sie sie periodisch nach hinten streicht. Ich lese in ihrem Körper, sehe Apfel, Mandarine, Orange, Birne, auch Exotisches, Avocado, je nach dem, wie sie sitzt oder liegt.

Manchmal blickt sie auf und ertappt mich beim Schauen. Es irritiert sie offenbar nicht, sie sagt nichts, liest, ohne den Tonfall zu verändern, weiter, so dass ich meinen Blick gleich wieder auf sie werfe.

Versuche ich, mich dem Bett und damit ihr zu nähern, schaut sie von ihrem Buch auf, deckt mit der einen Hand die Seite zu, so dass ich trotzdem zwischen ihren Fingern deutlich Katrins Bildnis erkenne, und sagt streng: »Willst du schummeln?« Und ich, jedes Mal erschrocken, setze mich zurück auf meinen Bürostuhl.

Bis mein Bruder sich wieder ins Zimmer getraut, mich weckt und sagt, Mamma habe gesagt, es gebe Essen.

LA QUARTA CANZONE

TOTO CUTUGNO *L'ITALIANO*

Es gibt Lieder, die kann ich seither nicht mehr hören. Eines davon ist das einfältig patriotische Stück von Toto Cutugno, das alle Klischees auf sich versammelt. Ich möchte am liebsten weghören, denn die schreckliche Schnulze gibt mich, das ist kein Zufall, in einem schrecklichen Zustand wieder.

Lasciatemi cantare, sono un italiano.

Ich vergesse Katrin und mache ganz auf Italiener, fühle mich so schön wie noch nie. Ich behänge mich mit allen Schmuckstücken, die mir von der Taufe bis Firmung zuteil geworden sind. T-Shirts sind out, seit ich meine Haare auf der Brust entdeckt habe. Am Bahnhofskiosk kaufe ich mir eine italienische Zeitung, am liebsten die *Unità,* nicht um sie zu lesen, sondern um mit der Zeitung unter den Arm geklemmt durch die Stadt zu flanieren.

Ich kann mir vorstellen, in Italien zu leben, ich lebe schon dort, in Italien am Jurasüdfuss.

Buongiorno Italia, Buongiorno Maria

Ich führe, schön wie ich bin, Maria am Arm über die *piazza*, über den Marktplatz. Unsere Eltern freunden sich an. Meine und ihre Mutter sind schon auf gutem und halbem Weg zur *piazza*. Man besucht sich sonntags gegenseitig, bald würde man sich wie eine Familie fühlen, bald würden wir verlobt sein.

Es würde geplant: Sobald wir unsere Ausbildung abgeschlossen und genügend Geld für die Hochzeit gespart haben würden – eine solche Hochzeit kostet Geld, man wird uns vorrechnen, dass wir von 200 geladenen Gästen ausgehen müssen, und dies auch nur, wenn die Verwandtschaft beiderseits nicht allzu grosszügig berücksichtigt werde –, würden wir heiraten. Zweimal, einmal hier, einmal in Montalto, im Heimatdorf der Eltern.

Das ist, wenn wir mit den Eltern und in ihrem Sinne realistisch kopfrechnen, in etwa zehn Jahren der Fall. Anschliessend kriegen wir Kinder, *io papà e tu mamma, nonno Francesco*, so heisst mein Vater, *nonno Nino*, Marias Vater, *nonna Elisabetta*, meine Mutter, *nonna Anna*, Marias Mutter. Wir halten uns an die Tradition, die Kinder nach den Grosseltern zu nennen, zuerst kommen meine Eltern an die Reihe, dann die de Sapios. Es ist soweit, ich habe einen einträglichen Beruf, wir können uns eine Existenz aufbauen, *ci dobbiamo fare una famiglia e la casa* und das Einfamilienhaus im Grünen.

Bis dahin, bis 28, wohne ich bei meinen und sie bei ihren Eltern. Wir würden nicht zusammenleben, wir würden nicht alleine in den Urlaub fahren dürfen.

Ich kaufe mir ein Auto, einen roten Alfa mit verdunkelten Heckenscheiben, um mit ihr am Samstagabend an den Waldrand zu fahren. Dort lieben wir uns, auf dem Rücksitz, umständlich und unbequem, mit der Angst, überrascht oder Eltern zu werden. Unpünktlich um zwölf liefere ich sie bei ihren Eltern ab, gehe noch schnell hinauf und grüsse den Vater oder die Mutter, die in der Stube auf dem Sofa dösen, wie sie es jetzt schon machen, wenn Maria ins Theater geht. Ich schüttle Herrn de Sapio, den ich *papà* nenne, die Hand, und wir sagen ihm, wie es in der Disco gewesen ist, oder was auch immer wir erfinden. Wenn ich gehe, begleitet sie mich in den Gang oder vors Haus, wir umarmen uns nochmals, ein letztes Mal heftig küssen, die ersten Monate lang, die ersten Jahre lang. Ich steige in meinen Alfa, es dürfte gegen eins sein, und fahre nochmals in die Stadt, in die Disco, denn der Samstagabend eines jungen Italieners endet nicht so früh. Das wird mir so passen.

Buongiorno Italia, Buongiorno Maria
Con gli occhi pieni di malinconia

Guten Morgen Italien, guten Morgen Maria,
mit den Augen voller Melancholie.

Maria schliesst irgendeine unwichtige Ausbildung ab und will sofort Kinder. Maria, schmale Taille, geht auf wie Hefeteig, sie ist nach dem zweiten Kind eine richtige Mamma, fett und verbraucht, lebt nur noch für ihre Kinder und leidet darunter, dass ich sie nicht mehr anschaue.

Ich will eine Frau, fürsorglich und aufopferungsvoll, eine Hausfrau, die zu Hause die Hosen anhat und mir den Weg weist, ich will Kinder, für die ich zu sorgen habe, ich vergöttere meine Frau als Mutter, und nach dem zweiten Kind nimmt mir niemand übel, dass ich eine Geliebte habe.

Können wir in diese Zukunft einsteigen?

Nicht einmal, wenn man uns verwirrt mit allerhand süditalienischen Verlockungen, werden wir uns auf Dauer nach den Vorstellungen der Eltern richten können.

Nehmen wir also als wahrscheinlicher an, dass sie früher oder später aus Stolz und Würde mit ihren Eltern bricht.

Ich aus Konsequenz mit meinen auch. Dann würden wir irgendwo, ohne Unterstützung der Eltern, in einer Studentenbude ums Überleben kämpfen: ein Zimmer, Kochecke und Bett nebeneinander, eng, dunkel, feucht und schmutzig.

Und sie würde die Pille nicht nehmen wollen, aus Selbstachtung, wir würden ein Kind haben, in einer Ecke stünde eine Wiege mit einem schreienden Baby. Wie in Horvàths Wienerwald. Quer durch die Kammer eine Leine gespannt, daran würden Windeln zum Trocknen hängen.

Ich müsste das Studium aufgeben, in solchen Verhältnissen wäre es nicht möglich zu lernen, und irgendwo, um das Auskommen der Familie zu sichern, jobben gehen.

Meine Mutter hat mir dasselbe beigebracht wie Frau de Sapio Maria:

»*Una donna è al mondo per avere dei figli. Una donna senza figli non è*

»Eine Frau ist auf der Welt, um Kinder zu haben. Eine Frau ohne Kinder ist nichts. Ein Mann ist auf der Welt, um die Familie zu ernähren. Ein Mann ohne eine Familie ist nichts.«

niente. Un uomo è al mondo per mantenere la famiglia. Un uomo senza famiglia non è niente.«

Natürlich, ich sah ein und sehe es jetzt wieder: Es bringt nur Vorteile, wenn man keine Italienerin als Freundin, was es gar nicht gibt, also als Verlobte hat. Das sieht man leicht ein, wenn man selber ein Italiener ist. Man hat genug an der eigenen Familie und sollte sich, wenn man vernünftig ist, besser soviel zusätzliche Familie vom Leibe halten, wie es geht. Andererseits ist es nicht so, dass die Vorstellungen der Eltern uns nicht berührten, und, wenn ich mich ernsthaft frage, berühren sie uns noch heute.

So sehe ich mich hin und her pendeln, damals, zwischen den Ansprüchen der Eltern und den eigenen, zwischen Maria und Katrin, zwischen der Schweiz und Italien.

Ich schloss daraus, dass ich mich entscheiden müsse, wie drei Jahre zuvor, jetzt aber endgültig, und dass es mein Problem sei, dass ich eben dies nicht könne: mich entscheiden. Bestärkt wurde ich in meiner Verlorenheit durch den grössten Kitsch, der aufzutreiben war:

Sono un italiano
Lasciatemi cantare, perché ne sono fiero,
sono un italiano un italiano vero.

Es war falsch, zu glauben, ich sollte mich entscheiden. Wir müssen uns nicht entscheiden, Maria, niemals! Und niemand sollte uns dazu drängen können.

Auch dass du weggehen willst, Maria, heisst nicht, dass du dich entschieden hast. Oder doch.

Ich bin ein Italiener
Lasst mich singen, weil ich darauf stolz bin,
ich bin ein Italiener, ein wahrer Italiener.

LA QUINTA CANZONE

FRANCESCO DE GREGORI *PABLO*

»Le canzoni cambiano nella testa di chi le ha scritte molto di più e molto più velocemente di quanto non accada nella memoria di chi le ascolta.«

Francesco de Gregori

Der gefühlsmässige Höhepunkt meiner Liebe zu Maria ist die Vorfreude auf das Konzert von de Gregori.

Er musste für unsere Vorstellungen herhalten. »Pablo«, dachten wir, projiziert unser Innerstes nach aussen, es schien für uns, für mich und Maria geschrieben. Wir waren nicht fähig, uns eine Verbindung zueinander unabhängig von Dritten auch nur zu denken. Wir brauchten weiterhin, nachdem es über die Eltern nicht gegangen war, etwas, was uns zusammenführte. Eine Hymne zum Beispiel. Wenn de Gregori das tut, was wir selbstverständlich von ihm erwarten, wird das Lied uns unweigerlich zusammenbringen, dachte ich.

Dieses Konzert ist das erste Konzert eines *cantautore* in diesem Winter, das erste überhaupt, das Maria und ich zusammen besuchen werden. Es findet zwischen Weihnachten und Neujahr statt, günstig für uns, so können wir uns auch in den Ferien sehen, und die Schule bietet Herrn de Sapio keinen Grund für ein Ausgehverbot.

Ich überrumple Herrn de Sapio bei einem Nachtessen, bitte in Marias Namen um die Erlaubnis, so dass er vor Verblüffung nicht einmal mehr einwenden kann, was das wieder für unnötig ausgegebenes Geld sei, als die Mutter auch schon die Einwilligung gibt. Er will zwar noch Pippo überreden, uns zu begleiten, aber der sagt, de Gregori sei kein Musiker, sondern

---

»Die Lieder verändern sich in der Vorstellung derer, die die Lieder geschrieben haben, viel mehr und schneller als in der Erinnerung derer, die sie hören.«

ein Langweiler, ein pseudo-intellektueller Hochstapler. Ausserdem könne er sein Geld nicht aus dem Fenster werfen.

Maria wird wütend, aber ich liebe ihn dafür, dass er keinen Geschmack hat, und bevor sie Streit anfangen, wiederhole ich zum Vater: »*Signor de Sapio, me la faccia venire con me. Garantisco io per tutto.*«

Es ist auch die Hymne auf unsere emigrierten Eltern.
Der Vater, heisst es, ist vor einem Jahr gestorben.
Mio padre, seppellito un anno fa, nessuno più coltivare la vite verderame sulle sue poche, poche unghie e troppi figli da cullare.
Wir sehen unsere Väter, wie sie der süditalienischen Not entfliehen, den Zug nehmen, nicht mal eine Schnur um ihre Koffer haben, nur ein wenig Liebe und ein wenig Wehmut halten ihre Koffer zusammen.

E il treno io l'ho preso, e ho fatto bene
spago sulla mia valigia non c'è n'era,
solo un po' di amore la teneva insieme,
solo un po' di rancore la teneva insieme

Und unsere Väter fuhren in die Schweiz, und wie das Ich im Lied, verstanden unsere Väter ihre Kollegen zuerst nicht, aber sie teilten mit ihnen das Brot, und die Patrons schienen ganz anständig.
Hanno pagato Pablo, Pablo il vivo...
Man hat Pablo bezahlt, Pablo *il vivo*.

Man sieht uns, Maria und mich, im Kursaal in Bern. Wir sind zu fünft mit dem Auto eines Kollegen gekommen, jetzt

---

»Herr de Sapio, lassen Sie sie mit mir gehen. Ich garantiere für alles.«
Mein Vater, beerdigt vor einem Jahr, niemand pflegt mehr die Reben,
Grünspan auf seinen wenigen, wenigen Fingernägeln und zu viele Kinder zu wiegen.
Und den Zug habe ich genommen, und habe gut daran getan,
Faden hatte es keinen um meinen Koffer,
nur ein wenig Liebe hielt ihn zusammen,
nur ein wenig Wehmut hielt ihn zusammen.

sitzen wir an einem der vordersten Tischchen, gleich unter der Bühne, springen auf, wenn ein Rhythmus uns packt, müssen uns dann zwingen, uns wieder zu setzen, damit die Leute hinter uns, die nicht aufstehen wollen, sich nicht weiterhin lautstark ärgern.

Maria und ich, man sieht, wie wir einander abwechslungsweise ins Ohr schreien:

»›Generale‹ mi piace da impazzire.«

»Anche a me piacciono le canzoni vecchie. –›Pablo.‹ Io muoio quando la sento.«

Man sieht uns, der Bühne, de Gregori, zurufen und gestikulieren, der mit Cowboyhut und Drei-Tage-Bart und umgehängter Gitarre mehr einem Country-Sänger gleicht: »Pablo! Pablo!«

»Sì, devi cantarla! Dai Francesco!« schreit Maria.

In jeder Pause zwischen den Liedern: »Pablo! Pablo!«

De Gregori hört uns. Er will es spannend machen. Und wenn er nicht singt, singen wir die schönsten Verse schon mal für uns:

Con le mani io posso fare castelli,
costruire autostrade e parlare con Pablo
lui conosce le donne, tradisce la moglie, con le donne, il vino e la Svizzera verde.

Mit den Händen kann ich Schlösser bauen, Autobahnen und mit Pablo reden.

– Mit den Händen könnte ich dich anfassen, Maria. –

Pablo kennt die Frauen,
betrügt seine Frau, mit den Frauen, dem Wein und der grünen Schweiz.

Die grüne Schweiz. Da wo wir sind. De Gregori meint uns,

»›Generale‹ liebe ich zum Verrücktwerden!«
»Auch mir gefallen die alten Lieder. Wenn ich ›Pablo‹ höre, sterbe ich.«
»Du musst es singen! Komm Francesco!«

er meint unsere Eltern, den Ort, wo wir leben, alles fügt sich. *Canta!*

E se è caduto un giorno è caduto per caso pensando al suo gallo o alla moglie ingrassata, come la foto.

Prima parlava strano, e io non lo capivo, però il fumo con lui lo dividevo il padrone non sembrava poi cattivo.

Und wenn eines Tages Pablo gefallen ist, ist er aus Zufall gefallen, als er an seinen Hahn oder an seine Frau gedacht hat, die dicker geworden ist, wie auf dem Foto.

Zuerst sprach er merkwürdig, und ich verstand ihn nicht, aber den Rauch teilte ich mit ihm, und der Patron schien nicht mal so übel.

Hanno ammazzato Pablo, Pablo il vivo.

Wir, Maria, erkennen uns und unsere Eltern in diesen Worten: sie werden bezahlt, und falls ihr Leben ruiniert wird, geschieht es aus Zufall, alle sind nett, und niemand ist verantwortlich für die Not der Fremden in der grünen Schweiz. Sie tun uns leid, wir möchten weinen und uns umarmen.

Hier, jetzt muss er es singen, Maria, wenn er es jetzt singt, umarme ich dich, küsse ich dich, er hat es für uns geschrieben, wo will er es sonst singen und für wen?

...nicht als zweite, nicht als dritte Zugabe, da singt er ›Blowing in the Wind‹, und jetzt gehen die Lichter an, wir sind konsterniert und können es nicht fassen, wir lassen uns los. Du hast Tränen in den Augen, Maria, gehst für dich und bist nicht mehr ansprechbar. Ich taumle hinter dir aus dem Saal.

Im Gang erkenne ich dich an deinem ins Haar geflochtenen Tuch, ich wache auf, sobald ich dich sehe, rufe deinen Namen, dränge mich zu dir; du bist meine Rettung, ich kann mich vor Herzklopfen, weil ich dich liebe, und Gewissensbissen, weil ich so lange nichts von mir habe hören lassen, kaum

---

»Sie haben Pablo getötet, Pablo den Lebenslustigen.«

artikulieren; ich tue so, als überraschte es mich, dass du an diesem Konzert bist – ah – mit deinem Bruder – mir tut es leid, Katrin, dass ich dich Monate lang vernachlässigt habe, und wenn du mich jetzt abweist, was dann? Du musst wissen, dass ich dich liebe, das mit Maria ist gar nichts, ehrlich, ich schwöre, ja, ich bin mit ihr da, aber, sage ich, wir sind zu fünft, bitte, kann ich mit euch fahren, und du schaust mich prüfend an, ich bin wie ein Unschuldslamm, Katrin, du darfst mir nicht böse sein, es gibt Verwirrungen im Leben, jetzt weiss ich es und möchte beginnen, Ordnung zu schaffen, zu sehen, was ich will und mir gut tut...

...ich wende mich zu Maria und den anderen und teile mit, dass ich mit Katrin und ihrem Bruder zurückfahren würde, sie seien nur zu zweit im Auto und wir immerhin zu fünft, so hätten alle mehr Platz...

›Pablo‹ ist das einzige Lied der Cantautori geblieben, soviel ich weiss, worin die Schweiz erwähnt wird.

*

Jetzt, nach Weihnachten, kühlt sich das Wetter wie das Verhältnis zwischen Maria und mir ab:
Wir hatten grüne Weihnachten gehabt, im Januar begann es zu schneien.
Zuerst bleibe ich mittwochs nicht mehr zum Essen, dann treffen wir uns nicht mehr in der Schule, genauso zufällig, wie wir uns zuvor andauernd über den Weg gelaufen sind.
Die Bahnunterführung auf dem Weg zu den de Sapios war gefährlich glatt geworden, weil sie, so wenig begangen, nicht gesalzen wurde.
Dann will Maria nicht mit ans Edoardo Bennato Konzert (ich habe nur anstandshalber gefragt, ich will mit Katrin hin).
Wegen des kalten Wetters waren viele erkältet.
Schliesslich lasse ich einen Mittwochnachmittag aus unter dem Vorwand, die Grippe zu haben.

Maria hat immer weniger Lust, mit mir irgendwelchen Stoff zu repetieren, und ich habe immer weniger Lust, auf sie einzureden, dass sie lernen müsse.

Die Wintersportorte atmeten auf, als es endlich Schnee gab.

Maria spielt kaum noch Musik ab, wenn ich bei ihr bin. Wir haben jede Platte schon mehrmals gehört, und ich habe mir von dem Geld, das ich mit der Nachhilfe verdient habe, die Kassetten jener Lieder, die mir bei ihr gefallen haben, selber gekauft.

Das im Januar. Anfang Februar schlug das Wetter um.
Ich schreibe einen Brief:
»Cara Maria
...anche so non ci amiamo potremmo essere buoni amici...«

Marias Leistungen sind seit Oktober nicht besser geworden. Ich habe keine Hoffnung mehr, dass Maria ihre Promotion schaffen wird. Sie hat sie wohl selber schon aufgegeben.

Fällt sie durch, liegt die Verantwortung auch bei mir. Ich könnte mich jetzt sofort von ihr distanzieren, meinen und ihren Eltern klarmachen, dass nichts zu retten sei, dass Maria einfach nicht lernen könne oder wolle, dass ich Pippo verstehe, warum er es nicht fertigbringe, Maria Nachhilfe zu geben, und dass es für Maria wohl nur die Möglichkeit gebe, das Jahr zu repetieren.

Im Januar melde ich mich eine Zeitlang nicht, bis ich doch ein schlechtes Gewissen bekomme.

Bis zur Zeugnisnotenabgabe Ende März würde es noch zwei Monate dauern, in dieser Zeit würden auch die meisten Prüfungen geschrieben. Wenn sie sich einsetze und wenn sie wolle, dass ich ihr helfe, könne sie es schaffen, schreibe ich ihr.

Gut. Ich sehe ein, das ist alles zurechtgebogen. Gradlinig, lebenslaufmässig, meteorologisch. Mein Grund zu schreiben ist, dass ich rückfällig geworden bin. Vielleicht, weil ich das

---

»Auch wenn wir uns nicht lieben, können wir doch Freunde bleiben.«

Gefühl habe, etwas gutmachen zu müssen, beziehungsweise etwas nicht verpassen zu wollen. Vielleicht, weil mit Katrin irgend etwas nicht so läuft, wie es die Prognosen versprochen hatten, und mir nichts Besseres einfällt, als mich auf Marias wärmende Ausstrahlung zu besinnen.

Ich schreibe, weil ich jetzt endlich eine Frau will, ganz und ohne Einschränkungen.

Ich schreibe, weil Maria ein hübsches Mädchen ist und weil ich nicht glauben kann, dass jenseits unserer Familie und jenseits der *musica leggera* nichts für uns spricht.

Ich schreibe, weil ich Liebe brauche, bluesartig und blitzartig, ich brauche Liebe, mein Gott, Liebe den ganzen Tag! *Ho bisogno d'amore perdio e tutto quanto il giorno*, Zucchero Fornaciari, aber ohne Musik, es ist eine Art tonloser Blues, ein Rap, als es solchen noch gar nicht gab; das, was folgt, wenn man jeden Glauben an die Musik verloren hat, das schreibe ich.

Ich versuche es mit Sprache, wenn ich nicht mehr weiter weiss, vertrackt und italienisch und deutsch vermischt, weil sie das versteht, wenn sie will.

Eine Antwort kommt nicht. So ist der Brief rückblickend peinlich. Ob sie ihn irgendwo in einer Schublade aufbewahrt? Maria antwortet nicht, genausowenig wie sie, wenn ich ihr nicht helfe, Markus antworten wird.

Ich hätte ihr, ich erinnere mich, in meiner Phantasie gerne beim Schreiben geholfen: dass sie mir für diesen Brief danke, auf den sie schon lange gewartet habe.

dass sie mich liebe, sich nur nicht getraut habe, es mir zu gestehen, und eigentlich bloss auf diesen Schritt von mir gewartet habe.

dass sie unbedingt Hilfe brauche, weil sie sonst das Schuljahr repetieren müsse, und ich doch bitte nächsten Mittwoch wieder kommen solle.

dass wir eigentlich eine schöne Freundschaft aufgebaut hätten und wir diese nicht aufs Spiel setzen sollten.

dass sie mit mir vieles gemeinsam habe, das sie mit niemandem sonst teilen könne.

che non sono un italiano come gli altri.

o meglio che non avrebbe mai pensato che io fossi un meridionale, così tenero, generoso, attento come sono io – e nello stesso tempo che io non possa essere altro che un meridionale, con il mio temperamento, il mio aspetto fisico, il mio fascino, un latin lover senza essere un maschilista – chi tranne me le potrebbe offrire tutto questo?

Vielleicht hätte ich, wenn ich sie wäre, daraus, noch besser als einen Brief, ein sentimentales Lied geschrieben, eine *canzone*, die ihre Sehnsucht nach mir besingt.

Maria schreibt nicht.
Sie telefoniert.
Nicht gleich, mehr als eine Woche später ruft sie an und sagt mir, dass sie das Gymnasium verlassen wolle. Sie habe sich entschlossen, eine kaufmännische Lehre zu absolvieren, eine Lehrstelle sei bereits in Aussicht. Das Schuljahr repetieren, das komme für sie nicht in Frage; im übrigen habe sie sich zuletzt an dieser Schule nicht mehr wohl gefühlt. Und ich möge recht haben, sie sei wohl auch zu dumm fürs Gymnasium. Ich solle mir ja kein Gewissen machen, es sei sehr lieb von mir gewesen, dass ich ihr habe helfen wollen, auch wenn es nichts genützt habe. Die Eltern liessen auch vielmals danken. Sie seien mit dieser Lösung glücklich. Dem Klassenlehrer habe sie es bereits mitgeteilt. Ich hätte übrigens noch 40 Franken zugut, ihre Mutter werde meiner Mutter das Couvert mit dem Geld für mich mitgeben...

So etwa, monoton und trocken, wird sie zu mir gesprochen haben.

---

dass ich nicht ein Italiener sei wie die anderen
oder besser: dass sie niemals gedacht hätte, dass ich ein Süditaliener sei, so zärtlich, grosszügig, aufmerksam wie ich sei, und gleichzeitig könne ich nichts anderes als ein Süditaliener sein, mit meinem Temperament, meinem Aussehen, meiner Ausstrahlung, ein Latin Lover, ohne ein Macho zu sein – wer könne ihr das sonst noch bieten?

Ich bleibe das ganze Telefongespräch über wortkarg, fast sprachlos, gebrauche nur Wörter wie »gut«, »na dann halt«, »also«. Ich weiss, ich bin mitverantwortlich.

Ich will schon auflegen, als sie mich aufhält und sagt, ich könne ihr doch noch bei etwas helfen. Sie müsse einen Brief schreiben, alleine bringe sie es einfach nicht fertig, sie sei ziemlich verzweifelt, ob ich am Mittwoch nicht noch einmal vorbeikommen wolle und ihr helfen.

Ich bin überrascht, und obwohl ich mit dem Hörer in der Hand nicht weiss, was für Musik dafür notwendig sein wird, ist die Neugierde grösser.

La sesta canzone

Ornella Vanoni *Senza fine*

Senza fine sei eines der schönsten Lieder von Gino Paoli, der Cantautori überhaupt. Ornella Vanonis Interpretation meisterhaft, besser als jede von Paoli, der Beweis dafür, dass, wer ein Lied schreibe, es nicht unbedingt am besten singe.

Als nach Weihnachten zu den beiden Postkarten über ihrem Pult an der Pinwand eine dritte mit einem ebensolchen weissen Gebäude hinzukam, erkundigte ich mich bei Maria, wer ihr diese Karten schreibe. Markus, er sei in Virginia, in der Nähe von Washington.
Jetzt – an jenem Mittwoch, an dem ich ihr zum letzten Mal Nachhilfe gebe –, erklärt sie, habe er einen Brief geschrieben, sie wolle ihm antworten, ob ich ihr helfe? Sie wolle nicht ein zweites Mal versäumen.

Als Markus aus Amerika zurückkommt, muss er das verpasste Schuljahr repetieren, ist nun also in meinem Jahrgang. Er macht die Matura, den Militärdienst. Maria beginnt ihre kaufmännische Lehre, schliesst sie ab. Irgendeinmal, dazwischen, werden sie ein Paar.

Senza fine sei eines der schönsten Lieder, weil der Höhepunkt am Anfang liege.

Einen Brief, einen Liebesbrief schreiben.
Ich erkläre mich bereit, ihr zu helfen, und es wird wirkliches Interesse mitspielen. Sie trifft meine versöhnliche Ader.

Maria findet eine Stelle bei einem Jugendzeitschriftenverlag in Zürich. Sie zieht in eine Einzimmerwohnung, Markus hat bereits ein Zimmer in Zürich in einem Studentenheim.

Non m'importa della luna,
non m'importa delle stelle,

Markus habe ihr schon einmal einen Brief geschrieben, den sie unbeantwortet gelassen habe. Aus Angst. Jetzt sei es anders.
Und ich? Sollte ich ihr nun helfen, keine Angst zu haben?

tu per me sei luna e stelle,
tu per me sei sole cielo,
tu per me sei tutto quanto io voglio avere
senza fine.

Als Maria ausziehen will, kommt es zum Streit mit den Eltern. Es hätte genug Stellen in der Umgebung gehabt. Nur wegen dem ›Schweizer‹, wegen Markus, gehe sie nach Zürich. »*Se vò fa' e capo sua, uno che ci pò fà'? L'adda accidere? Pe' mme po' fa' chello che vo', a 'mme nun me ne m'importa cchiù niente*«, sagt der Vater.

Ich fordere sie auf, Papier hervorzunehmen, damit wir mit Schreiben beginnen können.
Sie sagt, sie meine nicht, dass ich ihr einen Brief vorformuliere. Es gehe ihr mehr darum, mit mir zu besprechen, was sie schreiben solle.

»*Chi è che si sposa na puttana? Dimmello? Se 'o svizzero 'a lascia, allora sì, addio Napule! E po' senza che vene a chiagnere a casata tua!*« wird der Vater zur Mutter sagen, wenn Maria auszieht. Der

---

Mich kümmert der Mond nicht,
mich kümmern die Sterne nicht,
du bist für mich Mond und Sterne
du bist für mich Sonne und Himmel
du bist für mich alles, was ich will
ohne Ende.
»Wenn sie ihren Kopf durchsetzen will, was kann da einer tun? Soll er sie töten? Von mir aus kann sie tun, was sie will. Mich interessiert sie nicht mehr.«
»Wer heiratet eine Hure? Sag es mir? Wenn der Schweizer sie verlässt, dann prost! Und nicht, dass sie dann zu dir weinen kommt.«

Vater wird, wie meiner es tut, nicht mehr mit Maria sprechen wollen. Die Mutter wird dazwischen sein und weinen.

Ich verstehe nicht. Maria will Markus doch schreiben, dass sie ihn liebt, denke ich. Was gibt es da zu besprechen?
Es muss also anders sein. Markus hat ihr geschrieben, erfahre ich, dass er jetzt begreife, wie man sich als Ausländer in einem Land fühlen müsse, jetzt wo er selber Ausländer in den USA sei und von Heimweh geplagt; er, der doch nie gedacht hätte, dass er je Heimweh nach der Schweiz empfinden könnte.

Am Tag, als sie und Markus kommen, ihre Sachen abzuholen, sitzt Markus da, in der Stube auf dem Sofa. Er wird für einmal froh sein, nicht zu verstehen, was geredet wird. So ist er aus allem raus. Irgendeinmal wird er aufstehen und damit beginnen, die vollbepackten Bananenschachteln aus Marias Zimmer ins Auto zu tragen. Er hat nichts zu sagen, aber er kann etwas tun.
Maria wird nicht viele Dinge mitnehmen, einige Bücher, die Kleider und die Setzkasten mit den Figuren, keine Möbel.

Ich sehe mich lachen, während Maria mir einige Passagen aus dem Brief zitiert. Dieser Markus! Vergleicht er seine Situation als Austauschstudent mit unserer, die wir hier geboren sind als Ausländer. Oder mit der unserer Eltern, die aus reiner materieller Not in die Schweiz gekommen sind, ohne irgendein sprachliches oder kulturelles Interesse.
Maria hat zwar recht, ich kann nicht beurteilen, nicht damals, nicht heute, wie das ist, ein Jahr in einem fremden Land zu verbringen. Wir, sie und ich, haben nie ausserhalb der Schweiz gelebt. Wir wissen gar nicht, wie das ist, Ausländer zu sein, wenn man die Kultur und die Sprache des Landes wenig oder nicht kennt.

Dann komme sie halt nicht mehr nach Hause, wird Maria ihren Eltern gesagt haben, als sie reagieren, wie sie reagieren, als Maria auszieht.

»*Aggia accidere? Aggia accidere 'e palate? Dimmello, Annuzè, c'aggia fà'?*« fordert der Vater von der Mutter.

Jetzt kommt der Moment, wo der Vater verkündet, er gehe in den Schrebergarten, ich kenne die neapolitanischen, süditalienischen, sizilianischen, südsizilianischen Vätermuster. Vielleicht holt er dann Luft und fügt zur Tochter hin an, wenn er wiederkomme, hoffe er, sei sie verschwunden. Der Vater geht ohne Gruss. Die Mutter weint.

»*Egoista*«, sagt die Mutter, als Maria sich verabschiedet, »*non ci pensi proprio più alla tua mamma.*«

»*Mamma, lo devo sapere io, quello che devo fare di questa vita.*«

Senza fine
tu trascini la nostra vita
senza un attimo di respiro
per sognare
per potere ricordare
quel che abbiamo già vissuto

Das ganze Geschreibe von Markus aus Washington über Heimweh und Ausländersein ist nur ein Aufhänger, ist mir sofort klar, er schreibt darüber, um nicht das zu sagen, was er eigentlich will. Aber warum, Maria, soll ich nicht einmal ernst bleiben, dir zuliebe, und nicht denken, Markus will von dir nur das, was du genau weisst, gib ihm darauf eine Antwort und lass mich in Frieden.

Ich nehme das Wörterbuch hervor, das Maria von Enzo geschenkt bekommen hat.

»Soll ich sie töten? Soll ich sie totprügeln? Sag, was du von mir verlangst, Anna.«
»Denkst du überhaupt an deine Mutter?«
»Mutter, ich muss selber wissen, was ich aus diesem Leben machen will.«

Ohne Ende
du reisst unser Leben mit
ohne einen Augenblick inne zu halten
um zu träumen
um daran erinnern zu können
was wir schon erlebt haben

»Allora: parliamo della nostalgia. È la ›sofferenza data dal desiderio del ritorno‹. Proviene dal greco nòstos ›ritorno‹ più il greco -algìa ›sofferenza‹.«

Die Sehnsucht unserer Eltern ist auf ein Italien gerichtet, das es nicht mehr gibt; sie haben deshalb auch Hemmungen, nach so vielen Jahren zurückzukehren.

Wir, ohne uns darin zu wichtig zu nehmen, Maria wie ich, haben Fernweh. Wenn andere Jugendliche davon träumen, auszuwandern, irgendwohin wegzufahren, sind ihre Vorstellungen konfuser und weniger konkret.

In Italien könnten wir alles das tun, was uns hier nicht ermöglicht wird. Die Vorstellung einer zweiten Heimat ist für uns konkret.

Markus dagegen hat Heimweh. Ein Heimweh, das weder wir noch unsere Eltern kennen können.

Markus begreift Marias Eltern nicht, das Theater, bloss weil sie nach Zürich in eine eigene Wohnung zieht, wo sie doch dort arbeitet und sich eine, zwei Stunden Zugfahrt pro Tag erspart. Er wird sich inzwischen daran gewöhnt haben, dass er vieles nicht versteht.

Lieber Markus, schau es dir an, von aussen, wie ich es sehe: Es ist ein Skandal gewesen, für alle Italiener in der Stadt. Keine ist von zu Hause aus- und mit einem Freund zusammengezogen. Das mit der Stelle und mit den zwei Wohnungen ist Vorwand, zu offensichtlich, merkt jeder. Maria hat mit dir zusammenleben wollen.

Alle Mädchen sind zu Hause geblieben, bis sie heirateten. Was Maria getan hat, hat kein Mädchen vor ihr gewagt. Ich fand es mutig. Ich wüsste nicht, welches andere Mädchen den Mut dazu gehabt hätte.

Man hätte sie nicht ins Gymnasium schicken sollen, sagt zum Beispiel meine Mutter. »*Escono ca capo da fora 'o sacco.*«

»Also: reden wir von Nostalgie. Es ist das ›Leiden, das aus dem Wunsch nach Rückkehr entsteht‹. Es stammt vom griechischen nòstos ›Rückkehr‹ plus dem griechischen -algìa ›Leiden‹.«
»Sie werden übermütig.«

Meine Eltern, weiss ich, würden sich über Maria aufregen, und die Familie de Sapio täte ihnen leid. Ich könnte Maria verteidigen, immer wieder, wenn ich wollte. Ich meine, warum sollte ich mit meinen Eltern streiten wegen Maria? Was nützt es, ständig zu streiten, immer müssen wir euch recht geben, mal den Eltern, mal den Schweizern. Ihr wisst ja, dass ihr recht habt! Maria hat sich durchgesetzt, hätte sie jemanden wie mich um Rat gefragt, ich hätte ihr abgeraten. Sie hat es durchgezogen, ohne auf jemanden zu hören, das ist das Entscheidende.

Vor *senza fine* hätten die Lieder die Tendenz gehabt, am Ende jedes Verses eine Atempause einzulegen. Hier aber sei der ganze Text in einem Atemzug gesungen, alles Gesagte werde mit dem nächsten verbunden wie in einem befreienden Aufschrei.

Ich rate Maria, im Brief nicht zu penetrant auf das Thema einzugehen, es würde zu kompliziert, Markus alles zu erklären. Wir seien durch die Umstände gezwungen, uns mehr damit zu beschäftigen, aber einem Schweizer wie Markus kämen solche Ausführungen vielleicht rechthaberisch vor. Es habe keinen Sinn, jemandem etwas erklären zu wollen, was er nicht verstehen könne, und es mache auch nichts, wenn Markus nicht verstehe.
Sie solle das Verbindende suchen, nicht das Trennende.
Sie solle ihm schreiben, dass sie verstehen könne, dass er Heimweh habe; er fehle ihr auch.
»Schreib ihm: Ich freue mich, dich zu sehen, wenn du wieder da bist.«
»Versteht er denn das nicht falsch?«
»Es kommt gut, *vedrai*.«

Es sei nicht das bis dahin übliche Crescendo, das in den Refrain münde, der Höhepunkt des Stückes, der singbare Teil, ein *giro di do*: do-la minore-fa-sol 7, sei im Gegenteil an den Anfang gesetzt. Sobald das Ohr erobert sei, werde das

Lied eindringlich, falle hinab auf B-moll-Akkorde und suche ungewöhnliche und unerwartete Schattierungen.

Es ist ein Jahr her, seit Maria ausgezogen ist, oder mehr, irgendeinmal versöhnen sie sich wieder, *hier wird jetzt versöhnt*, und als Enzo heiratet, in Montalto, im Sommer 1991, wozu auch wir, unsere Familie, als Bekannte aus der Schweiz, die aus der Gegend stammen, eingeladen sind, gelten Markus und Maria als *fidanzati in Svizzera*, die dereinst heiraten werden wie alle Verlobten dieser Welt.

Ich kehre mit einem schalen Geschmack im Mund heim, wie wenn man zu viele Süssigkeiten gegessen und zu viele sentimentale Lieder gesungen hat. Ich zweifle, ob ich je wieder alleine mit Maria zusammensein kann, und ich denke, das mit Maria ist *senza fine*, solange es mich gibt. Es ist Nostalgie, die um Jahre vorausweist, bis sie Nahrung findet.

IL TERZO DISCO: CANZONI NAPOLETANE

Teresa de Sio / Trad.
Passione

Pino Daniele
Terra mia
Je sto vicin'a te
'O scarrafone
Napul'è
Je so' pazzo

TERESA DE SIO / TRAD. *PASSIONE*

SONNTAG: ANKUNFT

Wüsste Vater, was ich mir vorgenommen habe, würde er mich ermahnen: Lass' Neapel aus dem Spiel! Neapel ist eine Versuchung. Erliege ihr nicht, oder du wirst es bereuen.

An Neapel kann ich scheitern, wie er gescheitert ist und fortgehen, sich anderswo eine Existenz suchen musste. Ich werde mich hüten, nach Neapel zu fahren, wenn ich dabei den sicheren Jurasüdfuss verlassen muss. Maria, Markus und ihre Mutter tun es für mich.

Ich werde auf Zusehen hin mitreisen und mich hüten, von mir zu erzählen, solange ich von ihnen erzählen kann, von Markus und Maria, wenn sie schon seit fünf oder sechs Jahren ein Paar sind. Singe ich falsch oder singe ich schlecht, werde ich wieder fortgehen, mir anderswo Leben suchen, wie Emigranten und Rückkehrer es tun, seit jeher.

Diese Reise endet mit einem Skandal. Markus fährt vorzeitig heim.

Chiù lontano me staje / e cchiù vicino io te sento.
Je weiter weg du bist, desto näher spüre ich dich, schmachtet die klassische *canzone napoletana* und weht die Melodie vom Meer her ans Ufer nach Posillipo, der letzte Hauch des 19. Jahrhunderts fühlt sich lauwarm an und riecht salzig. So geht es mir, sobald ich Teresa zuhöre, und dann reise ich mit als Beobachter hinter der Kamera.

Es ist das erste Mal, dass Markus mit Maria in die Heimat ihrer Eltern fährt. Maria war im Jahr zuvor schon in Italien, als Enzo geheiratet hat. Markus ist in Zürich geblieben, wegen einer wichtigen Universitätsprüfung, angeblich.

Der Vater weigert sich seit einigen Jahren, mit der Mutter nach Italien zu fahren. Er verbringe die Zeit dort ja doch nur mit Reparaturarbeiten am Haus, von Ferien, von Erholung könne keine Rede sein. Seit sie das Haus im Hinblick auf ihre Rückkehr zuerst gekauft und dann mit allem Ersparten hatten renovieren lassen, vergammelt es, obwohl der Vater den Monat über, den er Jahr für Jahr in Italien verbrachte, nichts anderes getan hatte, als am Haus zu arbeiten. Inzwischen, um sich den Anblick des zunehmend verfallenden Hauses zu ersparen, bleibt er lieber in der Schweiz: Jemand müsse zum Schrebergarten und zu den Hühnern und den Kaninchen schauen. Er wäre eigentlich dafür, das Haus zu verkaufen, was sollen sie noch damit?

Aber die Mutter will nicht verkaufen. Ihre Eltern leben wenige Meter vom Haus entfernt. Solange sie leben, wird die Mutter jedes Jahr dorthin zum Urlaub fahren wollen.

Aber *Mamma* mag nicht alleine fahren.

Als in diesem Jahr schon niemand mehr eine Lösung sieht, Pippo ist auf einer Reise, Enzos Frau hochschwanger, offeriert sich Maria, mit der niemand gerechnet hat, und sie bearbeitet Markus solange, bis er einverstanden ist, mitzufahren.

Sie haben den Zug Zürich–Neapel gestern abend um zwanzig nach neun bestiegen. Soeben sind sie angekommen, *binario 9*, und ausgestiegen mitsamt Gepäck.

»*Di quà, di quà, venite con me.*«

Die Mutter geht voran, die Handtasche wie einen Schild vor sich, dahinter Maria, eine Reisetasche, und zuletzt Markus, zwei Koffer schleppend, Richtung Bahnsteigkopf.

Die *canzone napoletana* ist verheerend.

Te voglio... te penso... te chiammo...

Sie verkitscht alles, was sich singen lässt. Mandoline, dann die Hitze, sobald sie aus dem Zug steigen, legt sie sich über sie wie eine alte, stickige Wolldecke. Es ist nur auszuhalten, weil Teresa de Sio singt. Ich will dich, ich denke an dich, ich rufe dich.

Dann gehört zum Lied über Neapel das Chaos:

Der Bahnsteig ist überfüllt mit Ankommenden, unübersichtlich, Gepäck steht herum, von Kindern überwacht, weil überall mit Dieben gerechnet wird, weil die Gepäckträger ungefragt die Gepäckstücke auf ihre Schiebekarren laden, gegen beide die Kinder nicht ankommen und »*al ladro!*« kreischen, »*mariuolo!*«

Es ist alles malerisch, aber Markus spürt ständig misstrauische Blicke auf sich, jedesmal, wenn er zu nahe an herumliegendes Gepäck kommt; Kinder schreien im Getümmel auf, und wenn nicht nach Gepäck, dann nach ihren Eltern, die mit Ausladen weiteren Gepäcks aus dem Zug beschäftigt sind; schwarz gekleidete Frauen schubsen sich an ihm vorbei, drängen nach vorn, Verwandten entgegen, die die aus dem Ausland Ankommenden hinter den Schranken des Geleisezuganges erwarten und einander und denen, die weiter wollen, hinein in die Halle, hinaus aus dem Bahnhof, im Wege stehen; ein einziges Gedränge von Verwandten »*oi'ma'!*« »*o'no'!*« »*zizì!*« »*commà!*«. Wir hören das gerne; Markus könnte sich bloss fragen, wie die einander erkennen, alle sehen sich ähnlich, alle sind gleich angezogen, alle sprechen abgehackt melodisch. Nicht nur die Schwarzen und die Chinesen sehen alle gleich aus, auch die hier, ausserdem sind wir ja fast in Afrika, worauf ich stolz bin, falls Markus das denkt.

Markus, Maria, ihre Mutter, müde von der anstrengenden Reise, 14 Stunden im Zug, zwischen Schweiss und Deodorantduft, Geruch von Essen, Käsebrot und Salamisandwich und Eisenstaub im Abteil; Markus hat die ganze Nacht in der Couchette kein Auge zugetan, versucht, sich nicht abhängen zu lassen, schiebt sich schwerfällig durch die Menschenmenge, Frau de Sapio und Maria nach, die weniger (Maria) oder nichts (Frau de Sapio) zu schleppen haben; nur mit Mühe behält er sie im Auge im Getümmel, die Arme schmerzen, und die Hitze drückt, sticht ihm auf die Schläfe mit spitzen Nadeln – ist das malerisch genug?

Für *Italia 90* schaffte man in diesem Bahnhof 150 Handschiebegepäckwagen an, 350 wurden fakturiert, 175 nach wenigen Wochen als gestohlen gemeldet, jetzt gibt es noch ein paar Dutzend, die mehr oder weniger intakt sind, denn als Gepäckträger, die vorübergehend abgeschafft worden waren, lässt sich auch etwas verdienen und halbwegs leben bei mindestens 20% Arbeitslosenrate.

Es ist nach Mittag. Die Neapolitaner sind Meister im Verbreiten allgemeingültiger und endgültiger Erkenntnisse. Das kommt von der übertriebenen Hitze, sagt mein Vater. Die Leuchttafel auf einem Hochhaus in einer Ecke der Piazza Garibaldi gibt die Zeit an, dann die Temperatur, dann wieder die Zeit. Reine Verschwendung. Wer um die Zeit unterwegs ist, hat selbstverständlich selbst eine Uhr und braucht keine Temperaturanzeige, die ihm sagt, dass es heiss ist. Der Platz ist ausgestorben, verglichen mit dem hektischen Treiben in der Halle. Von oben müsste es ausschauen wie Ameisenstrassen; in Kolonnen schleppen die Leute ihre Koffer zu den parkierten Autos, zu den Bussen, zur Circumvesuvianabahn.

Frau de Sapio, Maria und Markus warten auf einen Onkel. *Zio Luigi*. Man hat sich offenbar verpasst, und jetzt muss man am Ausgang des Bahnhofes warten. Markus ist das erste Mal hier, und es ist rührend, sich vorzustellen, wie er vorschlägt zu telefonieren. Maria zuckt bloss die Achseln und sagt tonlos: »Wem?« Sie übersetzt nicht. Er versucht es selber, drückt die geballte Hand ans Ohr und sagt zur Mutter: »Telefonieren?« Sie nickt und schaut sich wieder um. Weiter geschieht nichts. Markus seufzt.

Oder:

Maria hat Durst, sagt sie. Markus nickt. Dann sagt sie es der Mutter, die antwortet etwas unwirsch, und Maria, die schon Richtung Bahnhofshalle aufgebrochen ist, macht wieder kehrt. Markus sieht unter den Arkaden den fliegenden Händler mit Aluminiumdosen in einem mit Wasser gefüllten Plastikeimer. Er geht zu ihm hin und verlangt zwei Dosen Cola, streckt dem Mann eine Note entgegen. Der Mann gestikuliert und spricht auf ihn ein. Markus versteht den Verkäufer nicht. Maria kommt hinzu. Er könne den 50'000er nicht wechseln, ob er nicht eine kleinere Note habe. Hier, das ist ein 10'000er Schein.

Als sie wieder bei der Mutter stehen, will diese etwas wissen. Es geht ums Geld. Markus, der inzwischen recht gut Italienisch versteht, hat keine Chance, wenn sie Neapolitanisch reden.

»Wir haben zuviel bezahlt«, sagt Maria zu Markus, »5'000 Lire für zwei Colas ist Wucher. Ist vielleicht besser, wenn du nicht zuviel selber kaufst. Sie hauen dich übers Ohr, sie hauen alle Touristen übers Ohr.«

Markus kann solange rechnen, wie er will; auch wenn es nicht zu teuer gewesen ist, knapp drei Franken pro Dose, er kann sich nicht wehren.

Und wenn er raucht, fragt Maria »Rauchst du schon wieder?«

Er wirft die Zigarette nach zwei Zügen auf den Boden und zertritt sie.

»Wenn du die ganze Zeit rauchst in diesen Ferien, kriegen wir ernsthaft Streit«, sagt Maria.

Markus zieht eine weitere Zigarette aus der Schachtel und zündet sie an. Maria wendet sich verärgert der Mutter zu und beginnt mit ihr zu sprechen. Eigentlich ist es Markus egal, was sie miteinander zu sprechen haben.

»*Annuzella!*«

Jetzt endlich kommt der Zio von hinten aus der Bahnhofshalle.

Ein graumelierter Mann, Anfang vierzig, braungebrannt, goldbehängt, attraktiv, denke ich mir, wenn er nicht etwas zu dick wäre, der Bauch hängt ihm über die Jeans, schreitet auf sie zu und umarmt und küsst Marias Mutter, dann Maria. Dann sagt er zu Markus etwas, worin das Wort »*fidanzato*« vorkommt. Markus nickt und streckt ihm die Hand hin.

Zio Luigi ergreift die Hand, zieht ihn zu sich, umarmt ihn, küsst ihn, übertrieben theatralisch, wie um ihm zu zeigen, dass wir hier nicht in Deutschland sind.

Das Auto ist am anderen Ende gleich neben dem allgemeinen Parkverbot abgestellt. Ich höre meinen Vater, der mich warnt, und trotzdem ist Neapel meist genauso, wie es ist, und die Neapolitaner stellen ihr Auto im Parkverbot ab. »Nix Parkplatz«, sagt der Zio zu Markus, als sie das Gepäck im

Kofferraum verstauen. Er hat seine Gedanken erraten und lacht darüber.

Der Onkel war ein paar Jahre in Deutschland, Wolfsburg, VW-Werke, von dort sind ihm Beiträge an seine Rente und einige Brocken Deutsch geblieben.

Sobald sie losfahren, beginnen die Geschwister zu diskutieren, manchmal mischt sich Maria ins Gespräch ein, Markus versteht kein Wort...

Weil Sommer ist, werden sie rasch aus der Stadt rauskommen, und sie müssen auch nicht die Autobahn nehmen, erklärt Maria.

In dieser Jahreszeit gehen alle, die es sich irgendwie leisten können, aus der Stadt fort, ans Meer, in die Berge, aufs Land.

Die Stadt scheint, und ich denke dabei an meinen Vater, nicht anders zu sein als andere Städte, die Markus kennt, Mailand zum Beispiel. Oder Zürich. Heruntergekommen die neuen, unübersichtlich verwinkelt die alten Quartiere, alle Wände mit Plakaten vollgeklebt, zerbeulte Autos, mit denen man sich in der Schweiz nicht mal auf den Schrott zu fahren getraut, aber nicht dreckiger, nicht stinkiger, nicht chaotischer, keine zerlumpten Menschen, keine Slums, keine Kloaken, kleine Müllberge. Ja, sogar Zürich kann ich mit Neapel vergleichen, mein lieber Vater, wenn ich will.

Nun fahren sie eine breite, gerade, holprige Strasse hinauf. Links hinter einem grossen Tor unzählige Tempelchen und Statuen einen Hang hoch und breit. Der Friedhof von Poggioreale, würde sich Vater erinnern.

Oben angelangt lichten sich die Bauten, man sieht bis zum Horizont.

Maria erfasst wie mich jetzt eine Unruhe. Sie schaut an Markus vorbei durch das Seitenfenster, bis sie ruft: »Da, schau!« und drückt ihn gegen das Fenster, deutet gleichzeitig mit dem Zeigefinger: »Der Vesuv.«

Am Horizont sind die Konturen des Berges im Sommer wegen dem Dunst nur knapp erkennbar.

Sie fahren landeinwärts. Markus wird wissen, dass sie in die Berge, so hoch wie der Jura, fahren.

Die Landschaft um sie herum ist flach, sporadisch sieht man Wohnhäuser, einige Peripheriebauten in rotem, gebleichtem und abbröckelndem Stein, Industriebauten, Lagerhallen vor allem, dazwischen verdorrtes, braun-graues Land, und nur wenn sie an einer Plantage vorbeifahren, Tomaten oder Melonen, intensives, leuchtendes Grün.

Es ist nicht klar, ob sie noch immer im Stadtgebiet sind oder schon in einem Vorort; immer wieder fahren sie an Häuserzeilen vorbei, hinter deren offenen Türen hin und wieder einzelne Gestalten sich bewegen. Im übrigen alles ausgestorben. Man sieht keine Menschen. Es fahren keine anderen Autos.

Etwa eine Stunde fahren sie, die Gegend ist nun hügelig und noch verstreuter besiedelt, bald kommen sie an lichten Wäldern vorbei (Haselnuss und Kastanie). Es wird Markus scheinen, als ob alle Menschen an der Strasse leben, nicht in Dörfern auf den Kuppen wie anderswo in Italien.

Unvermittelt fährt der Onkel auf eine der Häuserzeilen – etwa fünf, sechs aneinandergebaute Häuser – am Strassenrand zu. Kein Dorf ist zu sehen, bloss weiter oben sind weitere zwei Häuserzeilen der Strasse entlang zu erkennen.

Der Onkel hupt. Sie steigen aus. Es ist weniger heiss als in Neapel, eine leichte Brise weht die Strasse herunter.

Ein Kind guckt misstrauisch durch den Fliegenvorhang aus einem der Häuser und beginnt dann zu schreien. Bald ist der ganze Vorplatz, weil auch aus den Nachbarhäusern Leute strömen, voll von Menschen, die die Angekommenen begrüssen.

Markus schaut, etwas abseits stehend, vorderhand zu, wie Frau de Sapio und Maria umringt werden, wie auf sie eingeredet wird; bald wird ihm die Zuschauerrolle entrissen, er wird hineingezogen; es ist der Onkel, der ihn zu sich winkt und ihn vorstellt, aber schnell ist klar, wer er sein muss, der *fidanzato* von Maria, und alle kommen, geben die Hand und umarmen ihn nicht, bis auf die Nonna, die nichts anderes kennt als Montalto und sich nicht denken kann, dass nicht auf der ganzen Welt gilt, was für sie selbstverständlich ist.

Endlich werden sie ins Innere des Hauses geführt, durch

eine schmale Tür in einen hohen, abgedunkelten, leeren Vorraum, dann durch eine weitere Tür in einen anderen, nicht weniger kahlen Raum, wo in der Mitte ein grosser gedeckter Tisch steht, Stühle darum, an einer Wand ein Sofa, an einer anderen ein laufender Fernseher und sonst nichts. Es ist auch in diesem Raum schummrig, bis auf das Licht des Fernsehers, und um so viel kühler als draussen, dass es Markus im ersten Moment schaudert.

Jetzt müssen sie sich an den Tisch setzen. Die meisten von draussen sind wieder verschwunden, in der Stube verbleiben die quicklebendige, nach Russ und ranzigem Käse riechende Nonna und der Nonno, der offenbar nicht mehr gut gehen kann, deshalb drinnen am Tisch geblieben ist, breitbeinig, einen Zigarettenstummel im Mund, den einen Arm auf den Tisch gelehnt, die Hand des anderen auf einen Stock gestützt. Er erhebt sich nicht, wendet nicht mal den Kopf, sondern glotzt weiter auf den Fernsehschirm, wartet, dass man bei ihm vorstellig wird, bis er aufschaut.

Markus wird Fehler machen, er wird dem Nonno die Hand hinstrecken. Der Nonno wird sich nicht rühren.

Die beiden Tanten tragen die Teller mit der Pasta auf. Die Teigwaren sind lau und verkocht. Die Tomatensauce ist blass, fast orange, und schmeckt nach abgestandenem Fett. Als Käse gereicht wird, streut Markus grosszügig über die Teigwaren. Beim nächsten Bissen merkt er, dass es Schafkäse ist, beissend auf der Zunge.

Es wird die ganze Zeit über durcheinandergeredet. Markus verfolgt die Lippenbewegungen, um zu verstehen, wie ein Wort das andere ergibt.

Marias Mutter, die während der Reise apathisch unter den Strapazen gelitten hat, blüht auf, die Worte sprudeln nur so aus ihr heraus: So fröhlich und aufgeräumt hat Markus Frau de Sapio in der Schweiz nie erlebt.

Selbst Maria geht in dieser Gesellschaft auf, als würde sie nichts anderes kennen. Sie scheint sogar das Essen zu mögen. Markus müsste den Kopf schütteln, kann das ihr Ernst sein, und wenn, was hat das zu bedeuten?

Pino Daniele

Terra mia
Je sto vicin'a te
'O scarrafone
Napul'è
Je so' pazzo

Eine Woche Montalto, dann reist Markus ab.

Ein Film ist nützlich für die Kameraposition und für die Untertitel. Ein Film ist angenehm, weil man sich daran festhalten kann. Gleichzeitig sind Figuren, Stimmen, Töne, Bilder so konkret, dass man Erklärungen, Entschuldigungen, Rechtfertigungen bereithalten muss. Ich könnte meine Mutter fragen, warum ist Markus vorzeitig abgereist? Sie wüsste zusätzliche Fakten, das ist sicher.

Nur: meine Mutter kümmert sich nicht um meine oder unsere Vergangenheit, sie kann nicht nüchtern zurückschauen. Niemand kann das in unserer Familie. Ich frage sie nicht, weil ich weiss, dass alles, was sie sagt, mit: »*Avevo ragione io, quando ti dissi...*« beginnt. Die Erfahrung der anderen soll mir Mahnung und Wegweiser sein. Sie will als Mutter vorausschauen, wenn sie mich sieht, auf meinen Lebensweg, den nur sie in unserer Familie mit der gebotenen Klarheit sieht. Maria und Markus sind uns eine Lehre, würde meine Mutter sagen, und ich wisse hoffentlich selber, welche Konsequenzen daraus zu ziehen seien.

Montag, Dienstag, Mittwoch

Montag bis Mittwoch sind Verwandtenbesuche vorgesehen. Markus begleitet Maria und ihre Mutter. Es wird Espresso getrunken, für den *signore* gibt es manchmal mit Eiswürfeln gekühlten Wein.

»Ich hatte also recht, als ich dir sagte...«

Endlos scheinen die Frauen in den schattigen Hinterhöfen oder den abgedunkelten hohen Räumen der Häuser miteinander diskutieren zu können. Männer sind keine anwesend.

Ausser Markus; der sitzt geduldig daneben, gibt sich Mühe, etwas von den Gesprächen mitzubekommen, was anstrengend ist, versinkt dann in sich, hängt seinen Gedanken nach oder beobachtet die Einrichtung, die Menschen, die Umgebung.

Fällt das Gespräch auf Markus und Maria, erschöpft es sich rasch.

»*Quando vi sposate?*«

Maria lächelt stets und achselzuckend, Markus staunt vor sich hin.

Selbst die entferntesten Verwandten und die flüchtigsten Bekannten stellen ihnen sofort die Frage. Heiratspläne sind nicht Privatangelegenheit.

Die Aufgeschlosseneren fragen Markus mit Marias Hilfe als Übersetzerin, was er arbeite. Sie verbergen ihre Enttäuschung nicht, wenn sie erfahren, dass er studiert. Maria klärt ihn auf, hier seien alle, die keine Arbeit hätten, an einer Uni eingeschrieben.

Donnerstag

Bis Donnerstag müsste Maria auffallen, dass Markus zunehmend missmutig ist; Maria wird ihn darauf ansprechen, ihm sagen, dass manche ihn etwas apathisch, grüblerisch fänden, zum Beispiel am Donnerstagabend nach dem Essen, wenn sie sich zusammen vor das Haus gesetzt haben.

Es ist ein angenehm warmer Sommerabend des Südens, wenn die Temperaturen langsam zu Unternehmungen einladen. Solche Abende, weiss mein Vater, kommen nur in Neapel vor, und wenn erst Vollmond ist! Es ist ein Misston in seinen Ohren, wenn ich ihn imitiere und weitererzähle, was ich

---

»Wann heiratet ihr?«

von ihm erzählt bekommen habe, zum Beispiel, dass der Mond in Montalto schöner ist als der in Neapel, wenn Maria und Markus darunter sitzen.

Maria und Markus sitzen auf der Treppe, die aus zwei Stufen besteht, Maria die Stufe unter Markus, ihren Oberkörper an seine Knie gelehnt, er die Hand auf ihrem schwarzen Haar, und sehen den wenigen Fahrzeugen auf der Strasse nach.

Mein Vater, weiss ich, ist auf einer solchen Treppe gesessen, als kleiner Junge, und der Verkehr bestand aus Ochsenkarren und Eseln, wie er nicht müde wird zu wiederholen. Einer wie mein Vater siedelt alle seine Anekdoten an dem einen Ort an, wo er siebzehn Jahre gelebt hat und den er vor 40 Jahre verlassen hat. Seine Figuren und Geschichten halten dem Schauplatz nicht stand, ich habe es bald begriffen, als ich hier war und mich an Vaters Geschichten erinnert habe. Das hat mich gelehrt, Angst davor zu haben, behaftet zu werden. Vor mir muss Vater keine Angst haben. Auch was ich je über Montalto sage, über Markus, Maria, wen und was auch immer, wird unüberprüfbar bleiben. So wie ein Folklorefilm für die Liebhaber kolorierter Ansichtskarten nichts Verbindliches ist. Verbindlich ist nur die Filmmusik.

Was hier apathisch heisse? Solle er mit den Bäumen reden? Wenn sie kaum mit ihm spreche? Überhaupt, wollten sie nicht ans Meer fahren? und wann?

Es sei natürlich schwierig, von Montalto wegzukommen ohne eigenes Fahrzeug, ausser nach Neapel, wo das Meer allerdings dreckig ist; und an der Amalfiküste, auf Ischia oder Capri ist es zu teuer für einen Studenten und eine kaufmännische Angestellte, und sie habe keine Lust, ihm die Ferien zu finanzieren.

Markus ist ein liebenswürdiger Mensch, aber soll er sich damit abfinden, vierzehn Tage in Montalto mit Verwandtenbesuchen zu verbringen?

Wenn Maria nicht mitgehen wolle, droht er, dort auf der Treppe vor dem Haus, gehe er alleine. Alles was recht sei.

Markus solle sich nicht aufregen.

Maria hat eher an die Küste Richtung Kalabrien gedacht. Oder Paestum, ein paar Tage. Da gebe es Tempel und so Zeug, das Markus interessiere.

Markus will bei dieser Gelegenheit auch klarstellen, dass er nicht mehr mit auf Verwandtenbesuche komme. Er bleibe lieber zu Hause und lese.

Am Samstag ist Fest im Dorf, Sant'Anna. Sie werden hingehen. 26. Juli. Ich weiss, was mein Vater mir erzählen könnte, ich bin ein Kind von Sant'Anna, geboren am Ende einer durchwachten Nacht von Sant'Anna morgens um fünf im Bürgerspital.

Sonntagabend sei ein Konzert: Pino Daniele. Montag könnten sie ans Meer fahren.

Deshalb Mino. Er solle sich nicht so aufführen, Mino sei nützlich, der werde sie hinfahren nach Santa Caterina Valle Gaudina, ziemlich weit weg, gegen Benevento, wo das Konzert stattfinde, und ohne Auto keine Chance, dahinzukommen.

Auch ich würde kilometerweit laufen für ein Konzert von Pino Daniele, auch ich würde allen meinen Charme einsetzen für einen kleinen Italiener, wenn er mich hinfahren würde, ich würde ihm schöne Augen machen, ich würde mich anschauen lassen. Deshalb musstest du nicht abreisen, Markus. Eifersüchtig kannst du auf Pino Daniele sein, nicht auf Mino, den zu jungen *cugino*.

Marias Wochenvorschau überzeugt mich: Am Samstag die Prozession und das Fest, Sonntag ans Konzert, Montag bis Freitag oder Samstag ans Meer, dann hier vorbei die Mutter abholen und zurück in die Schweiz.

Wer sich hier aufführe? will Markus noch wissen.
Dann fährt Mino vor.
Hupt, und Markus kann sich einen Abend lang ärgern.

Freitag

Terra mia
Freitag ist Friedhofstag, weil auf der Hauptpiazza Montaltos Markt ist, wo frische Schnittblumen verkauft werden, die man auf die Gräber des gegenüberliegenden Friedhofes legen beziehungsweise an die *nicchie* hängen kann.

Es sei eindrücklich, diese aufeinandergetürmten, bis fünfstöckigen Gräberreihen, vorne mit einer Marmorplatte geschlossen, auf der der Name eingraviert und daneben eine Fotografie der Verstorbenen angebracht sei, er solle doch mitkommen.

Markus ist nicht mitgegangen.

Markus schläft alleine in einem Zimmer, Maria mit der Mutter in einem Doppelbett. Ein Witz, seit drei Jahren leben Maria und Markus zusammen in einer Wohnung in Zürich. Die Mutter hätte es nicht ertragen, sagt Maria.

Nicht sehr pünktlich ist Cousin Mino vorgefahren, um Tante und Kusine abzuholen.

Bis dahin hat Markus geschlafen. Als er in der Küche erscheint, eilt die Nonna herbei und macht ihm Kaffee.

Die Nonna spricht fortwährend auf Markus ein, und auch wenn er sie nicht versteht, nur irgendwelche unbeholfenen Körperzeichen von sich gibt, glaubt die Nonna zu verstehen, was Markus sagen will.

Die Nonna kann nicht Italienisch, nicht lesen, nicht schreiben, kann sich nicht an die Idee einer WC-Schüssel gewöhnen und geht aufs Feld, wann immer sie sich unbeobachtet fühlt. *So' accussì 'i viecchi*,* würde mein Vater sagen, und würde sich ein wenig schämen; und wenn er wüsste, was ich weitererzähle, er würde mir nicht genug Ohrfeigen zur Strafe für solcherlei Peinlichkeiten geben können. Man muss Takt haben beim Erzählen, man muss Peinlichkeiten vermeiden, oder man muss sich wiederholen, wenn etwas schwer verständlich

---
* So sind die Alten.

scheint, man kann sich nicht genügend oft in aller Deutlichkeit wiederholen, würde er meinen.

Gleich nachdem die Nonna seine Kaffeetasse abgewaschen hat, verlässt sie das Haus, steigt die Strasse Richtung Dorf hoch.
Markus ist ihr gefolgt, steht in der Tür, den Fliegenfang mit der einen Hand beiseitehaltend. Der Nonno, der auf einem der Stühle an der Strasse sitzt, lächelt ihm ungeduldig zu und weist auf den Stuhl neben sich.
Draussen wird es langsam heiss. Markus setzt sich neben den Nonno vor das Haus. Sie sprechen nicht. Sie sehen den vorbeifahrenden Autos nach. Der Nonno sitzt den ganzen Tag hier vor dem Haus, wenn er nicht gerade schläft, isst oder fernsieht. Die wenigen Menschen, die zu Fuss vorbeikommen, bleiben bei ihm stehen. Manchmal hält ein Auto vor dem Haus, der Fahrer kurbelt das Fenster hinunter und wechselt ein paar Worte mit dem Nonno, bevor er winkend weiterfährt.
Der Nonno sitzt rittlings auf dem Stuhl, den einen Arm auf die Rückenlehne gestützt. In der anderen Hand hält er den Stock. Er blinzelt Markus zu, als dieser sich neben ihn gesetzt hat, und dann klaubt der Nonno sein Zigarettenpäckchen aus der Brusttasche und streckt Markus eine Zigarette hin. Es sind die Zigaretten, die Marias Mutter aus der Schweiz mitgebracht hat.

Der Nonno hat ledrige Haut, weisse Bartstoppeln und kaum mehr Haare. Seine Augen blitzen schelmisch und zugleich traurig hinter den buschigen Brauen hervor. Er ist ein grosser, stattlicher Mann gewesen; jetzt, da die Beine von der Arthrose gekrümmt sind, er kaum mehr gehen kann und der Bauch ihm über die Hose schwappt, wenn er wie immer sitzt, wirkt er klein und gedrungen.

Ich werde ihn meinem Vater zuliebe nicht verklären, ich weiss, wie Vater denkt, und nehme an, sein Urteil stimmt, dass sie alles Taugenichtse, faule Kerle in der Generation meiner Grossväter waren. Markus könnte diesem Mann mit seinem liebenswürdigen Gesichtsausdruck nicht zutrauen, was er für ein Lump gewesen ist, dass er sich nie um die Familie gekümmert hat, dafür umsomehr um andere Frauen, daheim Frau und Kinder hat für sich arbeiten lassen, während er auf der Piazza herumlungerte und das Geld, das andere verdient haben, beim Kartenspiel verlor.

Markus würde sich nicht empören, wenn Maria ihm dies erzählt hätte. Es wäre für ihn wie für mich wie ein Film, was er hier erlebt. Ein Film, in den er als Zuschauer hineingeraten ist, der längstens 14 Tage dauert. Nur dass ich ihn hineingestellt habe, um mich, so gut es geht, draussen zu halten. Schauen wir mit seinen Augen, wer wie spielt, verkörpert Maria ihre Rolle der verlorenen Neapolitanerin ziemlich unbeholfen, würde Markus finden. Er wäre nicht wie wir mitgekommen, um zu sehen, wie sie ihm die perfekte Italienerin vorspielt.
Er wird gehofft haben, das ganze Drum und Dran mit Verwandtschaft würde Kulisse sein für ihren Urlaub, er wäre etwas weniger der Tourist in der Zeit in Montalto, er hätte mehr teil, es wäre auch für ihn spannender. Er wird ans Meer gedacht haben – er und Maria am Strand oder in den Wellen zusammen.
Markus wird an diesem Freitag noch glauben, er wird hoffen, es werde ihm gelingen, Vorstellung von Wirklichkeit, Verstellung von Wahrheit zu unterscheiden.
Er irrt sich, ich habe ihm das immer wieder begreiflich machen wollen, diesen Unterschied gibt es bei Leuten wie Maria und mir nicht.
Das ist die Schwierigkeit am Film. Trau dem, was du siehst, nicht.
Ich brauche nicht einmal zu wissen, ob das, was ich vor mir sehe, wenn ich an mich denke, Körper oder Seele ist. Manchmal scheint mir, ich glaube, ich sei bloss eine Kamera, ein Medium.

Markus wird sich Gedanken machen über Maria, die ihm hier fortwährend zeigt, wie anders, als er gemeint hat, sie in Wirklichkeit ist. Und Markus, ich kann mir das genau vorstellen, weiss nicht, was er davon halten soll. Wie sie die liebe Tochter spielt, was der Mutter gefällt wegen den in der ersten Reihe sitzenden Verwandten.

Dabei, wenn er genau schaut, verhält sich keines der Mädchen, das Markus in diesen ersten Tagen in Montalto gesehen hat, wie Maria. Wie sie zum Beispiel mit ihrem Cousin umgeht, verwuschelt sein Haar, als wäre er ein Kleinkind. Kein Mädchen in Montalto verhält sich wie Maria.

Dazu die figurbetonenden T-Shirts. Kein einheimisches Mädchen zieht so etwas an.

Auch wenn viele Mädchen in Hirpinien hübsch sind, haben sie doch alle den Hang zu einer gewissen Körperfülle. Maria im Gegenteil wirkt ungesund mager, wie viele Zweitgenerationsmädchen, wenn sie nicht dick sind. Maria muss den Mädchen hier wie ein Model aus einer Hochglanzzeitschrift vorkommen. Mit einer Mischung aus Bewunderung und Argwohn wird sie von diesen begutachtet. Die Mädchen hier kennen keinen Hunger mehr, sie sind solange dem Dicksein ausgeliefert, bis sie sich zum Hunger zwingen, mit Appetitzüglern, Diäten, Erbrechen.

Der Hunger, dem meine Eltern, Marias Eltern, damals hier ausgesetzt waren, behält Zeit unseres Lebens seine Wirkung auf uns.

Maria ist schön. Den *ragazzi* in Montalto gefällt sie, wie sie allen immer gefallen hat.

Immer wieder sucht Mino misstrauisch und hilfesuchend mit seinem Blick Markus, hofft auf seine Unterstützung, erwartet, dass Markus einschreitet, wenn Maria in seiner Nähe ist, oder vielmehr wenn Mino in Marias Nähe ist. Aber Markus wird nichts tun, wovon er noch nie gehört hat. Er wird Mino nicht an der Gurgel packen, er wird vielleicht etwas eifersüchtig werden, aber das Schlimmste ist nicht Mino, wer wird Mino, einen sechs Jahre jüngeren Cousin, ernster nehmen als nötig, schlimm ist, dass Markus ausgeschlossen ist und dass Maria dies nicht kümmert.

Siehst du, Markus, ich verstehe dich sehr gut, ich verstehe dich besser als meinen Vater, der mir Vorschriften macht und nur die alten Filme liebt, diejenigen, die er allein gesehen hat. Ich verstehe dich, Markus, weil ich stets die Untertitel lesen muss, auch wenn ich die Dialoge in der Originalsprache verstehen würde, sobald ich Untertitel auf der Leinwand erblikke, muss ich lesen, ich kann nicht anders.

Markus schüttelt den Kopf vor sich hin, dass der Nonno aufmerksam wird und aufschaut. Dann klaubt er die Packung aus der Brusttasche und bietet Markus eine weitere Zigarette an. Der Nonno spuckt auf den Boden, steckt sich selber eine Zigarette in den Mund, reicht Markus das Feuerzeug, zündet dann seine an. Der Nonno lächelt Markus hinter dem Qualm, der aus seinem Mund quillt, zu.

SAMSTAG

Comm'è triste e comm'è amaro
Assettarse pe guardà' tutt'e ccose
Tutt' è parole ca niente pònno fà...

Wie gestern Markus: sitzen und zusehen, und wie Pino Daniele: denken, all diese Worte für nichts, und wenn ich mich umbringe, habe ich das bisschen Freiheit verspielt, das dieses Land, das diese Leute mir eines Tages geben müssen.

Es ist nicht wahr, es ist nicht immer dasselbe, jeden Tag kann es ändern, *'e vecchie vanno dinto a chiesa ca curona pe' prià,'* oder sie gehen an die Prozession, und wenn Sant'Anna ist, fehlt keine.

Wie traurig ist es und bitter
Sitzen und zuschauen allen Dingen,
Alles Worte, die nichts tun können...

Terra mia, terra mia comm'è bello a la penzà' müssten die Emigranten singen, mein Vater, nicht ich. Mir ist der Schauplatz dennoch näher, weil Vater aufgegeben hat, mit Interesse an das heutige Neapel zu denken, er hat mir die Sehnsucht übergeben und erzählt lieber in Wehmut vom Vergangenen.

Terra mia. Mein Land. Wie schön, daran zu denken. Zum Beispiel die Prozession.

Die Prozession beginnt um sieben. Vorher wird die Statue der Sant'Anna von sechs Männern aus der Kirche die Stufen hinunter auf den davorliegenden Platz, den Versammlungsort, getragen. Die Männer, die die Statue tragen, haben dafür bezahlt, sich die Trägerehre ersteigert, am Vorabend von Sant'Anna, unter denen, die sich ein Wunder von Sant'Anna erhoffen.

Sant'Anna ist die Beschützerin der Mütter.

Sie hat meine Mutter beschützt, als ich in der Nacht nach Sant'Anna geboren wurde. Ihr Fest ist das wichtigste im Dorf, neben der Madonna del Carmine, so heisst meine Nonna, und Sant'Antonio, so heisst mein Nonno.

Markus wird sich nach der Prozession am Fest von Sant' Anna sinnlos betrinken. Er wird einen jungen Montalto-Engländer treffen, auch ferienhalber hier, mit ihm Bier und Whisky trinken.

Maria wird mit Mino und seinen Freunden den Abend verbringen.

Eine Frau kriecht auf den Knien, einen Rosenkranz in der Hand, hinter der Statue die Treppe der Kirche hinunter.

Auf dem Platz, als die Träger anhalten und die Statue auf den Boden stellen, gehen zwei Frauen auf die kniende Frau zu und versuchen, sie aufzurichten. Sie sträubt sich, schreit und weint. Zwei der Madonnenträger kommen hinzu, reissen

---

Mein Land, mein Land, wie schön, daran zu denken.

die Frau, die jetzt wild um sich schlägt, mit Gewalt hoch, zerren sie vom Platz, die Treppe wieder hoch und drängen sie in die Kirche.

Dann formiert sich der Zug. Zuvorderst steht der Pfarrer mit dem Weihrauchspender in der Hand, aus dem ein silberner Stab mit einem elfenbeinweissen Knauf ragt. Die Statue der Heiligen Anna, getragen von sechs starken Männern in Unterhemden, wird die Prozession, vor dem Pfarrer, anführen.

Dahinter reiht sich eine Blasmusik in schäbigen, verblassten Uniformen ein. Die Musiker spielen sich ein, probieren den einen oder andern Anfang eines Stückes, schwerfällige bis melancholische Marschmusik, mehr falsche als richtige Töne, die sich auf dem Platz verlieren wie Rauchschwaden.

Fackeln werden verkauft und verteilt.

Es ist schon dämmrig, als ein Mann herumgeht und von seiner Fackel den Ersten Feuer gibt. Sobald die meisten Fackeln brennen, spielt die Musik ein Stück. Dann setzt sich der Zug in Bewegung. Der Pfarrer stimmt das erste Gebet an, ein tiefes Ave, gefolgt von einem noch tieferen Maria.

Nach und nach erstirbt das gemeinsame Gebet, nur wer einen Rosenkranz in Händen hält, betet leise murmelnd vor sich hin, während die anderen miteinander diskutieren, es wird auch gelacht, und Kinder spielen, rennen durch die Menge, achten nicht auf die besorgten Rufe Erwachsener, die die Kinder vor den Fackeln warnen.

Die Gemeindeverwaltung hat die elektrische Beleuchtung ausgeschaltet. Der lange Zug bewegt sich durch die dunklen Gassen hinauf auf einen Hügel, wo die eingerüstete, baufällige Kirche *San Martino* steht. Dort macht die Prozession einen Halt, man betet gemeinsam, und die Musik spielt ein Stück. Dann steigt der Zug auf der anderen Seite des Hügels hinunter, wo der Weg steil und löchrig ist und von dem es, was Markus nicht weiss, seit Jahren heisst, er werde im nächsten Jahr geflickt sein, bis zum unteren Ende des Dorfes und von dort die Hauptgasse wieder hinauf zur Kirche Sant'Anna.

Am Anfang, Vater wüsste es am besten, wenn man ihn fragte, er ist aus Montalto, ist dort gegenüber der Kirche Sant' Anna aufgewachsen, sind vielleicht 100 Leute an der Prozession beteiligt. Nach und nach, wenn sie an den Häusern vorbeikommen, stossen immer mehr Leute dazu, von ganz jungen bis ganz alten, die alten Frauen fast ausschliesslich in schwarz, alle mit Fackeln auf dem Arm, so dass sich die Zahl der Frauen, Männer und Kinder bis zum Schluss mindestens verfünffacht hat. Das Gehen wird zunehmend gefährlich, weil das Wachs auf den Steinen oder den asphaltierten Strassen festklebt und wie Glatteis wirkt. Man muss sich, auch Markus und Maria tun es, auf steilen Wegstücken gegenseitig an den Händen festhalten.

Mein Vater erzählt, er habe barfuss an den Prozessionen teilgenommen, sei deshalb nicht ausgerutscht, aber habe sich die Fusssohlen an den scharfen Steinen von *San Martino* hinunter geschunden und am heissen Wachs verbrannt.

Gib mir recht, lass mich denken, dass du mir recht gibst, dass du mich über Italien, über Neapel, über Montalto so gut Bescheid wissen lässt wie dich selber.

Die Statue der heiligen Anna ist mit Fackeln bestückt, und mit dem leuchtenden Zug der Menschen dahinter durch die dunklen Gassen könnte die Prozession eindrücklicher nicht sein, würden sich nicht andauernd hupende Autos, entweder entgegen- oder von hinten kommende, durch die Prozession drängen.

Markus empört sich und ist der einzige, der sich ärgert. Die anderen würdigen die Autos keines Blickes, wenn sie beiseite stehen, um sie passieren zu lassen.

Am Ende des Rundganges wird die Statue in die Kirche getragen. Die Teilnehmer der Prozession folgen der Statue, schreiten, sobald die Statue wieder in ihrer Nische steht, an der Heiligen vorbei, drücken ihre Lippen oder einen Handkuss auf ihr sprödes Holz, zünden eine Kerze an, schalten genauer eine elektrische Glühbirne ein, indem sie einen Knopf drücken, und legen etwas Geld in den Topf neben dem Altar. »Das haben die Pfaffen«, sagt Vater, »uns Hungerleidern als erstes beigebracht, uns zu bekreuzigen und Geld zu spenden für die heilige Kirche der Muttergottes.«

Übermorgen reist Markus ab, schon dieser Abend wird schlecht enden.

Wieder draussen ist der Platz von Scheinwerferlicht und Strassenbeleuchtung hell erleuchtet. Etliche Stände mit Esswaren – grillierten Würsten, Schweinskopf, Panini, Zuckerwatte und Torrone – sind an den Seiten des Platzes aufgestellt. Die Piazza ist nicht belebt, die Leute der Prozession mit ihren inzwischen erloschenen Fackeln sind verschwunden.
Markus sieht, wie die Nonna etwas zu Maria sagt und Maria den Kopf schüttelt.
Markus sieht Maria fragend an.

Maria: »Die Nonna geht nach Hause etwas essen. Aber ich glaub', wir bleiben hier. Wie spät ist?«
Markus: »Neun.«
Maria: »Mino sollte eigentlich schon hier sein. Ich habe mit ihm abgemacht. Wir können ja hier etwas essen.«
Markus (verstimmt): »Hm?«
Maria (sich ihm einhängend): »Komm, wir wollen etwas essen.«

Sie verabschieden sich von der Nonna, geben ihr die abgebrannten Fackeln mit und steigen die Treppen hinunter.
Auf dem Platz ist vorerst nur die Jugend des Dorfes versammelt. In Grüppchen, nach Geschlechtern getrennt, wenn nicht Hand in Hand oder eingehängt, also verlobt, stehen sie herum, viele *ragazzi* sitzen zu zweit oder dritt auf den Sitzen der Motorroller, sprechen, gestikulieren.
Markus und Maria müssen unter den Festbesuchern auffallen, es wird ihnen Platz gemacht, wenn sie über den Platz schreiten.

Das Dorf Montalto ist nicht gross, etwas über 2000 Einwohner, man kennt sich. Touristen verirren sich nicht in diese Gegend. Maria, den Arm um Markus geschlungen, den Kopf an seine Schulter gelehnt, so gehen sie, beobachtet von neugierigen Blicken, quer über den Platz zu einem Verpflegungsstand.

Maria: »Wir nehmen uns ein Panino und ein Bier und setzen uns dort auf jene Treppe.«

Es werden Würste und Schnitzel gebraten.

Markus will ein Panino mit einem Schnitzel.

Maria: »Und was willst du dazu? Kannst auswählen.«

Neben dem Grill stehen Töpfe mit getrockneten Tomaten, eingelegten Auberginen, gedünsteten Peperoni und Pilzen.

Markus (auf einen Topf zeigend): »Was ist das da? – Spinat?«

Maria (zögernd): »Nein, das ist mehr so etwas wie Broccoli.«

Markus (stutzig): »Broccoli? Das sind doch keine Broccoli. Oder Broccoli ohne Röschen?«

Maria (ungehalten): »Ist doch egal. Nimm einfach davon.«

Verkäufer (ungeduldig): »*Allora?*« (Er hat das längliche Brötchen aufgeschnitten, das Fleisch hineingelegt, steht, die Gabel in der Hand, erwartungsvoll da.)

Markus: »Frag ihn doch.«

Maria: »Was!«

Markus: »Dort den Verkäufer.«

Maria: »Warum soll ich jetzt fragen, nimm's doch einfach, schmeckt bestimmt zum Fleisch.«

Markus, seufzend, deutet auf den Topf mit den Peperoni.

Der Verkäufer fischt eine grosse heraus und schaut Markus wieder an.

Maria (spitz): »Was willst du noch? – Kannst zwei Sachen nehmen.«

Markus (verärgert): »Nichts weiter, ich will nur Peperoni.«

Vater erzählt, an Sant'Anna habe man Schweinskopf gegessen, ein Festessen, einmal im Jahr.

Dann erscheint Mino, nicht allein, es sind noch drei andere *ragazzi* in seinem Alter, um 20, mit ihm ans Fest gekommen. Zwei sind Kollegen, der dritte ist ein Verwandter von einem der beiden anderen, aus England.

Die drei kaufen sich auch etwas, und gemeinsam mit Markus und Maria setzen sie sich in eine Ecke und essen.

Nun hat Markus einen Gesprächspartner. Er heisst Sergio und wohnt in der Nähe von Manchester.

Der Platz füllt sich, halb zehn beginnt das Konzert, eine Band, die lauter uralte Schnulzen spielt, die meinem Vater gefallen würden, die er vielleicht schon vor 40 Jahren hier gehört hat, nur ohne Verstärker und ohne elektrische Gitarre.

Es wird eng, und bald sieht man die Bühne hinter den dichtgedrängten Menschenreihen nicht mehr.

Die Leute bewegen sich nicht zur Musik, einige reden miteinander, die meisten stehen stumm mit verschränkten Armen und betrachten misstrauisch das Geschehen auf der Bühne.

Maria und Markus trennen sich. Maria meint zu Markus, jetzt müsse man ein wenig auf dem Platz herumgehen, damit man sehe, wer am Fest sei.

Markus will mit dem neuen Bekannten in eine Bar etwas trinken gehen.

In der Schweiz würden nur Klatschmäuler bemerken, dass ein Paar sich an einem Sommerfest einen Abend lang trennt. Ich verstehe Markus. Markus kann es nicht auffallen.

Aber in Montalto fällt es auf, und Maria muss es wissen. Es ist Sant'Anna, und Maria hat einen Verlobten, und sie verbringt das ganze Fest mit drei anderen jungen Männern, dies ist der Skandal. »*Lo svizzero aveva ragione, si capisce che doveva finire così*«, urteilen viele im nachhinein, so was gehört sich an einem solchen Abend nicht, es ist schon manche Verlobung aus nichtigeren Gründen aufgelöst worden in Montalto. Alle

---

»Der Schweizer hatte recht, es musste ja so enden.«

Schuld liegt bei dir, Maria. Du kannst irgend jemanden fragen, Markus hat keine Schuld, deine Eltern nicht, Montalto nicht, meine Eltern nicht. Die Schuld haben immer die, die dazwischen sind und alles bedenken müssten, du und ich.

Sonntag

Je sto vicino a te

Das Konzert von Pino Daniele beginnt um halb neun, um halb sieben müssen sie losfahren.

Maria hat schlecht ertragen, dass Markus betrunken war, und es tags darauf noch nicht verdaut.
Markus schweigt. Sein Schädel brummt, und er mag nicht diskutieren.

Markus, als sie den ganzen Nachmittag lesend auf Liegestühlen hinter dem Haus verbringen, sein Kopf schmerzt, sagt dann doch etwas, droht damit, nicht mitzukommen ans Konzert, wegzufahren, nach Neapel, nach Hause. Seine Geduld sei zu Ende. Er habe nicht endlos lange Ferien, und das, was er hier erlebe, stelle er sich nicht unter Ferien vor.

Mino fährt wie immer verspätet und hupend vor.

Wenn er nicht mitkommen wolle ans Konzert, von ihr aus. Sie lasse es sich nicht vermiesen. Sicher nicht.

Maria, *je sto vicin' a te*, ich verstehe alle, aber dich am besten, ich verstehe alles, was du sagst, *je sto vicin' a te, pecché o munno è spuorco*, alle Sprachen, die du sprichst, ich verstehe den Kitsch ohne Übersetzung, denn Kitsch ist fast nicht zu übersetzen: *e nun*

Ich bin nah bei dir
weil die Welt so dreckig ist
und versuch nicht, zu verstehen

cercà 'è sapè, nur eines, sich freuen, auf Pino Daniele, in Neapel!

Mino hat einen Kollegen mitgebracht. Er überlässt Maria den Platz neben Mino.
»*Mettiti davanti, forza*«, sagt Mino zu Maria.
Markus setzt sich mürrisch in den Fond. Maria nimmt es wahr, es kann nur von Maria beachtet werden, weil es nur ihr gilt, aber sie wird nicht darauf eingehen, sie will sich das Konzert nicht von Markus' Unmut vermiesen lassen.
Die Nonna und Marias Mutter verabschieden sie, unzählige Male wird Mino ermahnt, er solle vorsichtig fahren.
Der winkt gelassen ab. Maria muss lachen.
»*Nun fà' o buffone!*«, wird sie zu ihm sagen.

Sie haben alle Fenster heruntergekurbelt, und bei voll aufgedrehter Stereoanlage fahren sie mit der alten, scheppernden Alfetta los. Die Stereoanlage ist wertvoller als das Auto, und als Einstimmung aufs Konzert singen sie Pino Daniele – ausser Markus, der nicht mitsingen kann, den Kopf aus dem Fenster gestreckt hat, dabei Grimassen schneidet, den Mund verzieht, die Nasenlöcher spreizt und sich den Wind ins Gesicht wehen lässt.

Maria, wenn ich dabei wäre, ich würde mit dir mitsingen.
'O scarrafone, 'o scarrafone,
ogni scarrafone è bell'a mamma sua.

Ich spüre, wenn ich mich zurücklehne und mich auf die Musik konzentriere, kühlende Zugluft über unsere heissen Gesichter wehen, höre wie du Sommer, Musik, Italien, wie es sein muss, wie ein Moment von Zeitlosigkeit, aufgehoben, wenn ich da wäre und du dort bist, vielleicht würde ich Mino

---

»Setz dich vorne hin, los.«
»Gib nicht so an.«
»Die Kakerlake, die Kakerlake
Jede Kakerlake ist Mamas Liebling.«

auch mögen, mich, wie es für dich in diesem Moment war, mit ihm verbunden fühlen, ihm geht es ein bisschen wie uns, wenn wir singen, sind wir nur Musik. Und ich würde wie du Markus im Rückspiegel nicht zu beachten versuchen, wie verwundet sieht er aus, mit offenem Mund, den Kopf aus dem Fenster streckend, röchelnd.

Lass uns Musik hören, und alle Ansprüche fallen, solche wie Markus, wie unsere Eltern sie haben; sie fallen weg, der Rhythmus und die Musik tragen sie weit weg, nur solche, die nichts voneinander wollen können, sind bei uns willkommen. Maria, jetzt fällt es mir auf, wir sind nicht füreinander, wir sind für nebeneinander wie geschaffen.

'O scarrafone, 'o scarrafone
ogni scarrafone è bell'a mamma sua.

Ob mein Vater je in dieser Gegend, in diesen Bergen gegen Benevento hin als kleiner Junge Holz gesammelt hat, hungrig durch die Wälder seiner Arbeit nachgegangen ist? Ich kenne hier keinen Flecken, nur aus Vaters Erzählungen die *Montagne Finali*, und weiss nicht einmal, wo die sind, ich glaub' aber eher, gegen Salerno hin. Geographische Lokalisierbarkeit interessiert meinen Vater nicht, es ist alles *Napoli*, ihn interessiert anderes: »Frag mal deine Grossmutter«, sagt er, »wenn sie noch leben würde, wohin ihre Hochzeitsreise gegangen ist, acht Stunden Fussmarsch, zum Heu und zum Heuen auf die *Montagne Finali*.«

Damals gab es keine Teerstrasse, und es gab keinen Ort, wo Konzerte stattfinden konnten, keine Arena, die, wie ein Amphitheater in den Berg gehauen, vor einigen Jahren für mehrere tausend Zuschauer von der *pro loco* errichtet worden ist und sich seither grossen Zuspruchs erfreut, vor allem der guten Akustik wegen.

Ich kenne die Gegend nicht, aber ich werde sie als erster in meiner Familie präzis lokalisierbar mit einer Geschichte, mit Markus, Maria, Mino und seinem Kollegen, der nicht mal einen Namen hat, und mit einigen Liedern besetzen.

Es ist anzunehmen, dass der Verkehr dichter wird, je weiter hinauf sie ins unübersichtliche Tal fahren.

Sie parkieren ziemlich weit entfernt vom Stadion und müssen einem barsch auftretenden, forschen, sich als Parkwächter ausgebenden Jugendlichen Parkgeld zahlen; Maria gibt ihm die zweitausend Lire, bevor es zu einem Handgemenge zwischen Mino, seinem Kollegen und dem angeblichen Parkwächter kommt, es ist ihr nicht wert, weil vom Stadion her Töne zu ihnen dringen und Maria nicht wegen einer Schlägerei den Beginn des Konzertes verpassen will.

Herr de Sapio mag Pino Daniele nicht einfach nicht, er verabscheut ihn geradezu. Denn dass er im neapolitanischen Dialekt singt, macht ihn in seinen Augen nicht etwa sympathischer, wie ich meinte und so einen schwer verständlichen Ausbruch Herrn de Sapios provozierte, sondern, im Gegenteil, so was, wie er Daniele nannte, müsste man seiner Ansicht nach, wenn ich ihn recht verstand, verbieten können, einen derartigen Verrat an der hochstehenden Kultur der *canzone napoletana*.

Ich hatte diesen Fehler gemacht, als es noch einen Versuch wert war, mich an seinem Tisch über die Musik mit ihm befreunden zu wollen, was eigentlich immer gelingen müsste, wenn einer so anpassungsfreudig ist wie ich, ausser wenn man es mit einem eifersüchtigen Vater zu tun hat.

Vor den Türen drängen sich die Leute, ausschliesslich Jugendliche. Markus, Maria, Mino und dessen Freund stehen eine halbe Stunde Schlange. Die Musik, die man gehört hat, ist ab Band, wie sich herausstellt.

Markus scheint sich etwas erholt zu haben. Er und Maria können vertraut aneinanderlehnen, die nächste halbe Stunde lang, zaghafte Pläne schmieden, sich vorsichtig versöhnen, sich glauben machen, dass sie morgen nach Paestum fahren werden, warum nicht?

Aber sobald sie drin sind, will Markus, der eigentlich ungern an Konzerte geht, weil er sich langweilt, erst recht, wenn er die Texte nicht versteht, sich ganz woanders hinstellen als

Maria, die Singen und Tanzen möglichst im Gedränge vor der Bühne im Sinn hat.

Es gibt zwei Möglichkeiten: entweder die Ränge, dort kann man sitzen, und man hat die beste Akustik; oder unten, im Kreis vor der Bühne, wo die Leute schon dichtgedrängt stehen, wo man hautnah aneinander und fast in Berührung mit der Band und dem Sänger ist.

In diesem Moment erscheinen die Musiker auf der Bühne, und die Leute applaudieren und johlen. Mino und sein Freund drängen zur Bühne vor, Maria folgt ihnen, und sie hört Markus ihr ins Ohr schreien: »Wenn wir uns verlieren, treffen wir uns beim Auto.«

Die ersten Töne. Der Rhythmus. *La musica è tutto quel che ho*.
Maria klatscht den Takt mit. Mino pfeift. Ich komme mit euch, Maria, sobald ich mich erklärt habe.
Wenn Pino Daniele Lieder singt, schreie ich mit den Leuten auf, bei *Napule è* zum Beispiel, schon beim Gitarrenintro, weiss ich plötzlich, dass Vater mir nichts anhaben kann, ich kann gar nicht scheitern, weil er mich nicht versteht. Ich kann sagen, was ich will, er versteht mich nur, wenn ich es zulasse.

Markus, höre auf mich, lass mich dir sagen, erklären, Neapel ist eine Chiffre, Neapel, zum Beispiel, das ist...

Napul'è mille culure, Napul'è mille paure, Napul'è a voce de' criature che saglie chiano chiano, e tu sai ca non si sulo...
Neapel ist tausend Farben, Neapel ist tausend Ängste, Neapel ist die Stimme der Kinder, die langsam steigt, und du weisst, dass du nicht allein bist. Ja, mitten in diesen Leuten bist du nicht allein, Neapel ist eine bittere Sonne, Neapel ist der Duft des Meeres, Neapel ist dreckiges Papier, niemand kümmert sich darum, und alle warten gelähmt, in Neapel, ein Spaziergang, in den Winkeln und unter den andern, Neapel

---

Die Musik ist alles, was ich besitze.

ist ein Traum, die ganze Welt kennt Neapel, aber niemand kennt die Wahrheit.

*Napul'è tutto nu suonno, e 'a sape tutto 'o munno
ma nun sanno 'a verità.*

Hörst du, Markus, wo die Akustik am besten ist, niemand kennt die Wahrheit, und niemand weiss es besser als ein anderer.

Lass mich dir erklären, Markus. Manchmal träume ich ein Wort in der Nacht, *e non so in quale lingua sia*, ich denke, es könnte weinen oder *gränne* heissen, *o chiagnere o piangere, non lo so dire di preciso, e mi sveglio d'improvviso e penso di non ragionare più, di essere pazzo*, verrückt, ich bin manchmal verrückt, so verrückt, wie es sich gehört.

Je so' pazzo, je so' pazzo, e vogli'essere chi vogl'io, escite fora da casa mia.

Hörst du, verrückt müsste man sein, etwas verrückter als der Rest der Welt, wenn die *musica leggera* über einen kommt. Ist das nicht ein Ziel, so gut wie ein anderes? Wenn alles ordentlich ist, dass man fast erstickt, die Wege geht, die man gehen sollte, zur Not raucht, sich betrinkt, Dinge tut, nur um sich abzulenken, kann man dabei nicht Faxen machen, die manche lachen machen, die den Ernst nicht sehen können, so tun, zum Beispiel so tun, als wäre man nichts anderes als ein Neapolitaner, eine Neapolitanerin gewesen, nichts anderes im Leben, immer und hier und jetzt, und sich selber auflösen in dieser Menge?

Nicht wahr, Markus, das verstehst du, *je so' pazzo*, du verstehst Maria. Die Akustik ist günstig, die Übersicht von oben ebenso, siehst du Maria im Gedränge? Steh auf, Markus, wo immer du bist, in diesen Rängen, schau sie dir an, diese Leute hier, keine Arbeit, wenig Aussichten für die Zukunft, ein Erdbeben, das mehr als ein Jahrzehnt zurückliegt, und Schäden, die noch nicht behoben sind, trotz dem vielen Geld, das der Staat hierher verfrachtet hat, das alles in die Taschen der Camorra geflossen ist.

Je so' pazzo, je so' pazzo, ho il popolo che mi aspetta e scusate vado di fretta, non mi date sempre ragione, io lo so che sono un errore nella vita voglio vivere almeno un giorno da leone, e lo Stato questa volta non mi deve condannare, pecché so' pazzo, je so' pazzo, ed oggi voglio parlare.

Sieh sie dir an, diese Leute, wie sie Freude haben an der Musik, lächerliche Freude, wie kleine Kinder, die keine Verantwortung für sich und die Welt tragen, die nicht an morgen denken, was sie tun müssen, und keinem Gestern nachhängen, dem, was sie nicht getan haben, was sie hätten erreichen sollen oder können. Siehst du sie, es geht ihnen jetzt gut; sie leben vom Staat und vom Geld, das von aussen kommt, davon, dass andere Tausende von Menschen weggegangen sind, in den Norden, ins Ausland, Leute wie meine Eltern von hier fort mussten, weil man hier nicht leben kann, nur die Stärksten und Schlausten und von Geburt aus Privilegierten konnten bleiben.

Mit ein wenig Mut zum Kitsch wirst du uns, mir und Maria, recht geben: grundlos und gemeinsam ein wenig Freude, ein wenig Lebensfreude, das ist es, was man haben müsste. Wir sind dazu unfähig, uns bringt man nicht bei, das Leben auf die leichte Schulter zu nehmen, wir können nicht grundlos leben. Wer so lebt, stürzt bei uns ins Bodenlose. Wir lachen über Leute, denen es eine Woche gut geht, wenn ihr Fussballclub am Sonntag gewinnt, und die den Fernseher aus dem Fenster werfen, wenn er verliert, die singen, wenn sie die Wäsche aufhängen, wenn sie sich freuen und wenn sie leiden: du verstehst das, weil du es dir vorstellen kannst, Markus, so viel Leichtfertigkeit. Wir wären auch tausendmal lebendiger, wenn wir uns nicht dieser gleichmässigen, langatmigen Tüchtigkeit und Solidität verschrieben hätten; gib mir recht, Markus, mit ein bisschen Verstellung können wir hier aufgehen, bevor das Konzert zu Ende ist.

Maria, Mino haben dieses Feuer in sich, siehst du sie, Mar-

»Ich bin verrückt, ich bin verrückt, das Volk wartet auf mich, entschuldigt mich, ich habe es eilig. Gebt mir nicht immer recht, ich weiss, dass ich ein Fehler bin, aber im Leben will ich wenigstens einen Tag als Löwe leben, und der Staat soll mich dieses Mal nicht verurteilen, weil ich verrückt bin, ich bin verrückt, und heute will ich reden.«

kus? Dass es mich ansteckt, wenn ich hier bin, dass ich zu ihnen ginge, wenn ich du wäre, das Leben muss manchmal überborden, man muss manchmal etwas Übertriebenes tun, gerade weil man weiss, dass es übertrieben ist:

Je so' pazzo, je so' pazzo, e chi dice che Masaniello, poi negro non sia più bello, e non sono menomato, sono pure diplomato, e la faccia nera l'ho dipinta per essere notato, Masaniello è cresciuto, Masaniello è turnato...

wie der Charme der kleinen Italo-Machos; auch das, verrückt, dieser kleine *cugino*, der ihr am Hals hängt und ihren Körper begrapscht, wir müssten ihn ohrfeigen, dieses kleine Schweinchen, aber er macht es charmant, immer von einem Strahlen begleitet, und zitternd, er hat noch nie mit einer Frau geschlafen, nein, es ist nicht wie an der Fasnacht, der hier stinkt nicht nach Zigaretten und Alkohol, er stinkt nach billigem Parfum und dem Schweiss seines jungen Körpers, er ist nicht besoffen, vollgedröhnt, er kann so sein, ausser sich sein nur wegen ein paar Takten Musik und einer Sommernacht.

Je so' pazzo, je so' pazzo,
non nce scassate 'o cazzo.

Du musst zu ihr, Markus, du müsstest, spätestens bei der Zugabe, bei Maria sein:

Ich bin nah bei dir, wenn alle rundherum schreien, ich bin nah bei dir, bis du einschläfst. Ich bin nah bei dir, die Welt ist schmutzig, versuche nicht zu verstehen, besser du schläfst. Wozu reden, jeden Tag über die gleichen Dinge, und sich ärgern, jeden Tag mehr, und verrückter werden, weil man begreifen will...

Je sto vicino a te, pe nun piglià a cadute, je sto sempe cu te, 'ncoppa a sagliuta / je sto vicino a te, e ciento strilla attuorno, nun me fanno sentì', si staje scetate o duorme. / Ma che parlamme a fà' sempre de stesse cose, pe

---

»Ich bin verrückt, ich bin verrückt, und wer sagt, dass Masaniello schwarz nicht noch schöner sei? Ich bin nicht geistig zurückgeblieben, ich bin sogar diplomiert, und das Gesicht habe ich schwarz angemalt, um beachtet zu werden, Masaniello ist gewachsen, Masaniello ist zurückgekehrt.«

nce 'ntussecà' e nce 'ncuntrà' ogne vote, ca raggia 'ncuorpo 'e chi, esce pazza tutt'e juorne pe capì'.
pe' capì'
pe' capì'
...Ich bin nah bei dir, alle schreien rundherum, und ich weiss nicht, ob du schläfst oder noch wach bist, aber wozu reden, jeden Tag über die gleichen Dinge, und sich ärgern, jeden Tag mehr, und verrückter werden, weil man begreifen will...

Die Erfahrungen der anderen sind mir eine Lehre.
Meine Augen sind glasig geworden, so dass ich nichts mehr sehe, die Nase tropft, ich ziehe die Nasenflüssigkeit hoch, so dass ich einen Moment lang fast nichts mehr höre. Mein Vater hat recht, traurig muss man werden und resignieren, Mut zum Kitsch reicht nicht, ich muss weitergehen, so schnell wie möglich, wie Markus nach diesem Konzert weggehen wird, ich gehe mit Markus packen, sein Entschluss steht fest, und Maria wird ihn nicht aufhalten, sie wird es erst versuchen, wenn es zu spät ist.
Ich sehe Markus und Maria nicht mehr zusammen.

IL QUARTO DISCO

1ª CANZONE: ADRIANO CELENTANO *IL RAGAZZO DELLA VIA GLUCK*

2ª CANZONE: PAOLA TURCI *IO E MARIA*

3ª CANZONE: PAOLO CONTE *(IL NOSTRO AMICO) ANGIOLINO*

4ª CANZONE: LUCIO DALLA / FRANCESCO DE GREGORI *COSA SARÀ*

5ª CANZONE: EDOARDO BENNATO *CAMPI FLEGREI*

La prima canzone

Adriano Celentano *Il ragazzo della via Gluck*

Alle diese Lieder sind ein Abschiedskonzert für Maria, die weggeht.

Questa è la storia di uno di noi
anche lui nato per caso nella via Gluck
Das könnte die Geschichte von einer von uns sein, zufällig auch sie geboren in der *via Gluck*. Eines Tages wäre sie weggegangen von uns, in die Stadt.

Sie, die eine von uns ist, wäre mit Tränen in die Stadt gegangen. Wir hätten zu ihr gesagt: »Freust du dich nicht auf die Stadt, dort wirst du dürfen, was du hier nicht tun kannst?«

»Ihr versteht mich und ihr versteht mich nicht«, hätte sie geantwortet, »hier bin ich geboren, und hier in der *via Gluck* lasse ich mein Herz, hier spielt ihr mit den nackten Füssen im Gras; dort in der Stadt werde ich Zement atmen. Ich bin ein Mädchen aus der *via Gluck*.«

So wäre es gewesen, und wenn unsere Peripherie die Peripherie von Mailand wäre, würden uns die Verwüstung der Vorstädte und die Zerstörung der Umwelt einholen. In der Stadt würde sie arbeiten, bis sie reich wäre und zurückkäme, das Haus bei uns im Grünen, das es nicht mehr gibt, zu kaufen.

Wir kommen nicht so einfach weg. Unsere Eltern sind aus der *via Gluck*, sie sind aus den Vororten einer Grossstadt und im Alter von Celentano. Wir hören im Film zum Beispiel Marias Vater lauter und unverständlicher als uns singen:
Du weisse, ig kaini Problemi in Schwyzera. Wen ig piccolo bambino, ig kaini Essen. Das Problemi! Anderi au Problemi, aber scho guet.

Das ist die Geschichte von Maria: eine von uns, die geht,

die dem Beispiel ihrer Eltern, halbwegs dem Beispiel im Lied folgt.

Sie geht und hinterlässt ihre Eltern, die Ausländer und mich.

Mini Tochter eini gueti Maitschi, si segretaria in Zurig. Sini fidanzato fertig università und schaffa. Sini Fründe Marco, eine Schweizer, i guet verstande, giornalista in Zurig.

Markus und Maria wohnen in einer kleinen Zweizimmerwohnung in Zürich, häuslich eingerichtet, trauen dem Glück, es geht ihnen besser als je zuvor, er hat das Studium beendet, und sie wechselt die Stelle, findet eine neue Stelle, die, heisst es, ihr zusagt, auch finanziell. Sie müsste also zufrieden sein. Sie ist unabhängig und hat Arbeit, sie hat sich ihrer Familie nicht gebeugt, kann so leben, wie sie leben will, was eigentlich will sie mehr?

Är schriebe eini Articel über Fabrik wo i schaffä. Mir make das Problemi mit Chef. Die saga, ig hanni gsayt Marco vonne Fabrik. Die varukt wie ne mora.

Es sind Jahre, die ich überblicke, sie reichen vom Zweierglück zum Einerleid. Irgendwann ist Markus ernsthaft mit einer anderen Frau in eine Affäre verwickelt, und irgendwann später lernt Maria einen Mann kennen. Ich schaue auf die Uhr: Das geschieht, nachdem Enzo geheiratet hat, nachdem Markus und Maria in Italien gewesen sind und er vorzeitig abgereist ist, nachdem Markus eine Kolumne über Herrn de Sapio geschrieben hat, nachdem Maria die Stelle gewechselt hat, nachdem Markus bei einer Zeitung angestellt worden ist.

Maria ist in der Stadt *unglucklich*. Die Heimat hat sie wie ihre Eltern verlassen, um weiterzukommen, als wenn sie zu Hause geblieben wäre, um der drohenden italienischen Glückseligkeit zu entgehen, wie ich dachte. In Zürich verdient sie Geld, wie ihre Eltern es, weg von zu Hause, tun. Das ist es, was sie wollen sollte, und dafür und davon könnte sie leben für den Rest des Lebens.

Oder reumütig heimkehren in die *via Gluck*, ich stehe auf der Schwelle unseres Hauseingangs und warte darauf, dass Maria vorbeigeht. »Es kommt der Tag«, höre ich Maria singen, »da ich zurückkommen werde und wieder unseren Freund, den Zug, pfeifen höre: uau, uau, ...«

Wonig ghomma in Svizzera 1956, ig nie saga öppis gaga Svizzera. Ig zufrieden mit mini Chef, mit mini Collega, immer. Du saga, guet schaffa, guete Läbe. Immer es so si in Svizzera.

Maria möchte, fern von zu Hause, nachholen, was die Heimat ihr verwehrt hat. Sekretärin ist nicht ihr Traumberuf. Sie möchte sich eine Chance geben und denkt daran, die Matura nachzuholen oder eine Schauspielschule zu besuchen.

I weisse nid, was Marco schribe. Aber nid guet, wenn zuvil studiere. Ig wotti nid verstande. Besser so. Ig nid Schuele gange wie Marco und mini Kinder.

Ich schaue auf die Uhr und sitze in einem Restaurant mit Pippo. Es ist der Nachmittag, als wir uns treffen und über Markus' Kolumne sprechen, die Marias Vater in Schwierigkeiten gebracht hat.

Später erzählt Pippo, dass Maria nun, nach dem Zeitschriftenverlag, für eine italienische Handelsgesellschaft arbeitet, plötzlich täglich wieder Italienisch sprechen, schreiben, lesen müsse. Sie spreche inzwischen besser Italienisch als Enzo.

Aber trotzdem, obwohl ihr die Arbeit gefalle, habe sie, als Markus eine Arbeit gefunden habe, die Matura nachholen wollen.

Als sich das als zu umständlich neben der Arbeit, als zu teuer und zu langwierig erweist, denkt sie daran, Schauspielerin zu werden, meldet sich für einen Vorkurs an.

Markus findet es ebenso eine Schnapsidee wie Pippo und

die Eltern de Sapio. Übernächstes Jahr wird sie dreissig, in diesem Alter noch an eine solche Ausbildung zu denken, in einem solch harten Metier, was soll das?

Dieser Egidio wird auch etwas mit der Handelsgesellschaft zu tun gehabt haben, vermute ich. Er ist im übrigen Lehrer an den *corsi di lingua e cultura italiana*, wo ich mittwochnachmittags Italienisch lernte, nachher Fussball spielte, keine Frau fand, mich beklagte, ein richtiger Italiener wurde und Maria fand.

Sie sollen doch heiraten und Kinder machen, oder von mir aus nicht heiraten, aber in jedem Fall Kinder, sage ich zu Pippo. Will sie denn keine? Oder will Markus keine? Ich meine, wenn es ihr nicht mehr gefällt, nur im Büro, vielleicht könnte sie zu Hause die Matura nachholen, neben einem Kind, sie kann sich ja Zeit lassen, Markus verdient bestimmt genug, später studieren, wenn sie will. Etwas Geduld, was sie nur andauernd für Ansprüche stellt.

Als Markus sich bei Herrn de Sapio entschuldigt, er habe das Beispiel mit seiner Firma nur gebracht, weil er keinen anderen Fabrikarbeiter kenne, er habe nichts direkt gegen seine Firma sagen wollen, sollen sie zum ersten Mal miteinander ein paar Worte ohne Marias Hilfe als Übersetzerin gewechselt haben.
Du weisse, ig kaini Problemi in Schwyzera. Wen ig piccolo bambino, ig kaini Essen. Das Problemi! Anderi au Problemi, aber scho guet.

Was mich betrifft, oder was Maria betrifft: wir wissen alles besser. Erstens wissen wir, warum wir uns nicht mehr für unsere Eltern engagieren. Das zu Markus.
Zweitens: wir sind nicht Kinder der *via Felicità* und helfen einander nicht.
Jetzt, da ich das Lied von einer, die weggegangen ist, höre, muss ich mich an meinen Singsang halten, den ich Maria vorbehalten habe. Keinen Moment, wenn ich mit Pippo über sie

spreche, denke ich an Maria als eine, die mir ähnlich sein könnte. Ich kümmere mich um ihre Zukunft wie eine unserer Mütter.

Ich spreche verschiedene Sprachen, die eine ist, dass ich zweifle, ob ich mich am Ende verstehen werde.

Ich muss gleichzeitig mehreres sehen, die Musik hören, simultanübersetzen, die Untertitel setzen, ans Ende und von dort aus wieder an den Anfang denken, und dabei den Anspruch haben, zu verstehen. Am Ende der Lieder sollte ich mich nicht nur an uns erinnert haben, ich sollte verstehen können, warum Maria das tun, warum sie weggehen will, nach Italien, und mich verrät.

Kein Refrain! Dieses Lied hat keinen Refrain. Maria kommt nicht zurück in die *via Gluck*. Acht Jahre sind lang, und wenn nicht auch ich meine Stadt verlasse, meine sichere Jurasüdfussstadt, werde ich Maria nach acht Jahren nicht wiedersehen.

LA SECONDA CANZONE

PAOLO TURCI *IO E MARIA*

Während meiner ersten Tage in Zürich bin ich beschäftigt mit dem Kennenlernen der neuen Klassen, des neuen Schulhauses, der neuen Kollegen und mit Selbstgesprächen. Vertrautheit mit den Menschen und den Örtlichkeiten, mit denen ich zu tun habe, ergibt Vertrautheit mit den Verhältnissen, sage ich mir, als Fremder unter Fremden. Dabei höre ich, dass ich ja sicher gehört hätte, wie schwierig die Umstände in Zürich seien und dass man es als Stellvertreter noch schwerer habe. Unsinn, würde ich antworten, wenn ich mich getrauen würde. Stellvertreter haben es einfach, wenn sie nicht zuviel wollen, sich mit ihrer Ruhe und dem Geld zufrieden geben. Mehr als die Klassen zu beschäftigen traut ihnen in kurzer Zeit ohnehin niemand zu. Schwer haben sie es nur, weil meist selbst die Unbedarften, Gedankenlosen, gesinnungsmässig Einwandfreien der Versuchung erliegen, die Kinder und Jugendlichen erziehen zu wollen, sobald sie ein Schulzimmer betreten. Die Gewissheit der Mission macht das Leben erst lebenswert, in der Fremde und anderswo.

Ich bin kein *avvocato*, kein *dottore*, kein *ingegnere* geworden, sondern arbeitslos und, nach einem Auslandaufenthalt, froh über diese vierwöchige Stellvertretung. Ein ehemaliger Studienkollege hat sie mir vermittelt, er ist im unbezahlten Urlaub, ich kann seine Wohnung in dieser Zeit benützen. Die Wochenenden verbringe ich zu Hause mit meiner Freundin, die Katrin heisst und die ihrerseits die Woche über in Lausanne wohnt, wo sie an der Uni Assistentin ist und doktoriert.
Ich bin 28 Jahre alt, 10 Jahre älter als auch schon, nicht verheiratet, keine Kinder, keine fixe Anstellung. Ich bin gerne Lehrer, ich habe mir mit Italienischunterricht das Studium finanziert, in Zürich freue ich mich aber auch auf anderes. Auf die Kultur vor allem, denn dort ist jeder überall und an-

spruchslos daheim.

Wenn ich also nicht in der Schule bin oder an Schule denke, bin ich unterwegs von einer Ausstellung zur anderen.

Oder ich eile nach dem Unterricht in die Spätnachmittagsvorstellung eines der Studiokinos und schaue mir die skurrilsten Filme an. Etwa einen Film aus Burkina Faso über einen Niger-Hirten, der einer rennenden und um Hilfe schreienden Frau beisteht, indem er ihren Verfolger erschiesst, dabei aber übersehen hat, dass es sich um Dreharbeiten handelt, und, als er es merkt, selber davonrennt, und die zweite Hälfte des Filmes sehe ich ihn verzweifelt Zwiesprache mit dürren Bäumen halten – alles in der Originalsprache, ohne Untertitel.

Ich war ein unverschämter Schüler und bin ein scheuer Lehrer. Ich lerne ungern in der Schule Lehrer kennen. In der morgendlichen 10-Uhr-Pause setze ich mich ans Telefon, um mich nicht zu oft und zu intensiv mit den Kolleginnen unterhalten zu müssen, und besorge mir z.B. Karten für Theater, Oper und Konzerte. Ich aspiriere nicht auf eine Dauneranstellung, was mir merkwürdigerweise viele Sympathien einbringt. Ich mag es, wenn die Leute mich mögen. Ich mag sie auch, aber ich sehe keine Möglichkeit, dass ich mich hier einleben könnte.

Ich bewohne also die Wohnung des abwesenden Freundes, dem ich die Arbeit verdanke. Wenn ich nach Hause beziehungsweise in die kleine, luxuriös ausgestattete, am See gelegene Wohnung komme, telefoniere ich mit Katrin. Ich rufe auch an, wenn ich nichts zu erzählen habe, und oft schweigen wir uns minutenlang an am Telefon. Katrin hat Verständnis, dass ich mich einsam fühle: sich emotional eingeben in eine Arbeitswelt und Umgebung habe für vier Wochen keinen Sinn, und doch könne ich nicht verhindern, mich mit dem Ort verbunden fühlen zu wollen, wo ich sei. Deshalb mein Heimweh. Sie sagt mir wieder einmal, ich müsse mich intensiver und engagierter um eine feste Anstellung bemühen. Auch die Einbürgerung dürfe ich nicht mehr länger hinausschieben. Nachdem ich lange genug geschwiegen habe, zählt sie mir reihenweise gemeinsame Zürcher Bekannte auf, denen ich anrufen könnte. Aber was sollte ich Leute anrufen, die ich schlecht und recht kenne? Ich will mich nicht mit noch mehr Menschen auseinandersetzen müssen.

Eines Abends, nach einer Theatervorstellung, habe ich zu Hause noch Lust und Verlangen, mit jemandem zu telefonieren. Ich versuche zuerst Katrin, dann Freundinnen und Freunde zu erreichen, die nicht zu Hause sind.
Also bereite ich, um der depressiven Stimmung, die mich zu überfallen droht, zuvorzukommen, noch etwas den Unterricht vor. Das Lied, das ich morgen mit einer Klasse hören will. Manche Dinge sollte man besser nicht tun. Ich hätte statt dessen auf dem Balkon, in der Wohnung darf ich nicht, eine Zigarette rauchen können. Auch wenn ich Asthmatiker bin und Rauch schlecht vertrage.
Ich höre eines der alten, sentimentalen Lieder von de Gregori. Wahrscheinlich »*Due Zingari*«.
Ich habe bisher, und ich bin nun schon über eine Woche hier, noch nicht daran gedacht, Maria zu telefonieren.
Jetzt aber will ich sie anrufen.
Ich suche im Telefonbuch ihre Nummer; zu meiner Verwunderung ist Maria aber nicht im Verzeichnis, also suche ich unter Markus' Namen. Ich nehme an, dass er ausgezogen ist, schliesslich hat er ja eine Affäre mit der anderen gehabt.
Ich zögere, atme tief ein und tippe die Nummer. Es ist spät, ich habe Maria seit Monaten nicht gesprochen, wir haben uns zuletzt flüchtig in einer Beiz gesehen und kaum ein Wort gewechselt, ich überlege, ob es wohl richtig ist, ihr zu telefonieren, wie sie das verstehen, wie sie das aufnehmen wird, als sich Markus meldet.
Ich habe nicht damit rechnen können.
Auflegen! ist mein erster Impuls.
Dann denke ich, alles geht sehr schnell, selbstverständlich, es kann nicht Markus sein, weil das nicht logisch ist.
Ich sage inzwischen meinen Namen.
Es ist doch Markus.
Es ist reichlich absurd, dass einer wie ich an einem beliebi-

gen Tag um die Zeit, nach halb zwölf, offensichtlich grundlos anruft.

Am Telefon lässt sich schlecht verbergen, wenn man mit jemandem nicht hat sprechen wollen.

Markus ist entsprechend skeptisch, er habe viel zu tun, jetzt zum Beispiel müsse er einen Artikel schreiben.

Ich hätte ihn nicht stören wollen, hätte ich angenommen, dass er sich unter seiner Nummer meldet.

Er gibt mir mit einer ausgelaugten Stimme, wie damals, als er womöglich das erste Mal betrunken war, Tips, was im Moment an Sehens- oder Hörenswertem wo in Zürich zu erwarten sei.

Ich danke für jeden Hinweis. Vielleicht ist dies unhöflich; also gebe ich mich überrascht und begeistert von diesem oder jenem Tip und will alles mögliche nicht verpassen. Schliesslich sprechen wir noch über dies und über jenes, als hätten wir uns letzte Woche zuletzt gesehen, wie unter guten Freunden, wo man sich das Unwichtigste erzählt, bis er mir ungeduldig sagt: »Falls du Maria sprechen willst, wir leben im Moment getrennt.«

Ich sage ihm, dass ich das wisse.

Meine Stimme zittert, während ich spreche:

»Du bist jetzt mit einer anderen Frau zusammen. Sie ist Sportreporterin oder -redakteurin. Und arbeitet auf der Zeitung, wo du dein Stage gemacht hast. Sie heisst Doris und ist verheiratet. Sie denkt nicht daran, ihren Mann zu verlassen. Es war eine Affäre, mehr nicht. Ihr wart zusammen an einer Weltmeisterschaft, Langlauf oder Ski Alpin, weiss ich nicht so genau, dort hat's gefunkt. Aber jetzt ist es aus. Du wusstest von Anfang an, dass das nichts Dauerhaftes sein konnte.«

»So?« sagt Markus.

»Ich weiss alles.«

»Fahr ruhig fort.«

»Du möchtest es noch mal versuchen mit Maria. Du glaubst es wenigstens. Im Winter wären es acht Jahre, dass ihr zusammen seid; das ist lange. Man gewöhnt sich aneinander, man kann sich nicht so schnell umstellen. Auch wenn es schlechte Zeiten gibt, man immer wieder über dasselbe streitet. – Und Maria ist eine gute Frau.«

»Hast du das von Pippo? Oder Enzo?«

»Von Pippo vor allem, ferner von meiner Mutter, der Rest ist meine Vorstellungskraft.«

»Bist du fertig?«

»Manchmal fehlt sie dir unheimlich. – Dann wieder weisst du nicht recht, was du spürst. Ob das wieder gut kommen kann; und ob es überhaupt gut wäre, wenn es wieder gut käme. Du weisst im Moment selber nicht, was du willst. – Und Maria weiss es auch nicht!«

»*Ziehn sie sich nur weiter aus, ich bin ja nicht pervers*«, sage ich noch, damit er mir nicht böse sein kann.

Er lacht. Dann findet er, er könne auf eine Gegendarstellung verzichten.

Aber ich habe ja sicher wegen Maria angerufen, weiss er, und ich vergesse, die neue Adresse gleich zu notieren.

Ihr gehe es auch gut, vermutlich jedenfalls, mit dem Neuen –

»Dem Neuen?« Ich werde noch nichts davon wissen.

Wenn das Gerücht noch nicht bis zu mir gedrungen sei, müsse es, wie ich mir denken könne, ernst sein, sagt er, und macht Andeutungen.

Ich widerspreche. Ich bin nie in Maria verliebt gewesen, behaupte ich, und falls doch, ist es so lange her, dass ich es vergessen habe.

Ich werde überhaupt nicht wissen wollen, was es für einer ist, aber Markus sagt es mir mit Wonne: »Ein richtiger Italiener, nicht so einer wie du. Seit drei Jahren in der Schweiz. Er unterrichtet an der Schule des italienischen Staates.«

Ich finde ihn, auch im nachhinein, grausam. Ist er noch so verliebt, dass er auch mich verletzen muss? »Du als richtiger Schweizer«, sage ich, »lebst momentan eine Beziehungspause.«

Maria spreche so. »Ich nicht. Ich bin verlassen worden«, sagt Markus. Dann, schon voller Melancholie: »Übrigens, kennst du das?«

Ich höre nach einer Weile:
Io e Maria siamo state lasciate e adesso siamo sole
I nostri uomini vivono altre storie vivono altri amori

Ich und Maria sind verlassen worden und jetzt sind wir allein?
»Kenne ich nicht«, sage ich, »aber schön.«
»Sehr schöne Stimme, ja. Und sie sieht wunderbar aus.«

Er könne mir die CD ausleihen, sagt er ironisch, *er* schon.

Ich habe jetzt einen CD-Player, einen Plattenspieler auch, aber das ist mehr Spleen. Als man noch einen Plattenspieler hätte brauchen können, war kein Geld zuhause, und jetzt, wo ich selber das Geld zuhause behalte, braucht es keine Plattenspieler mehr.

Ma come sei bella Maria
Mentre ti spogli butti via
Un po' di malinconia
Ma come sei bella Maria

höre ich.

»Du würdest besser nicht solche Lieder hören, ich meine, wenn Schluss ist mit Maria. – Verstehst du den Text?«
»Fliessend. Ich verstehe alles, was italienisch gesungen wird.«
Ich glaube, er hat auf Repeat gedrückt, das Lied läuft zum zweiten Mal.
Sie sieht gut aus, wirklich. Eine Kraterlandschaft schwarzweiss, blau abgetönt, es kann ein Sandstrand sein, links im

---

Ich und Maria sind verlassen worden und sind jetzt allein
unsere Männer leben andere Geschichten, leben andere Liebschaften
Du bist so schön, Maria,
während du dich ausziehst,
wirfst du ein wenig Melancholie von dir,
du bist so schön, Maria.

Bild steht sie, ein weisses Kleid, bis zu den Fesseln, nackte Füsse, sie verschränkt die Arme, schaut weg, nach rechts zum Bild hinaus.« Er macht lange Pausen beim Sprechen.

»Was?« muss ich fragen.

»Ich habe das Bild der CD-Hülle vor mir ausgebreitet.«

Nun beginnt das Lied zum dritten Mal.

»Wie heisst sie?«

»Paola Turci.«

Ich vergesse nicht, den Namen sofort zu notieren. Ich könne mir die CD auch selber kaufen, sage ich. Es geht ihm schlecht. Bevor das Lied zum vierten Mal beginnt, muss ich auflegen, durch das Telefon klingt das Lied schrill und aufdringlich. Natürlich tut er mir leid, er tut, was ich tun werde, wenn mir bald etwas Ähnliches geschieht. Ich will ihn nicht treffen, er mich wohl auch nicht. Wir sagen, dass wir uns vielleicht einmal zufällig treffen. Er tut mir leid, *mi fa tenerezza,* weil er, bildlich gesprochen, einer von denen ist, die in einen Plattenladen rennen, wenn sie sich verlieben, und wenn sie Liebeskummer haben auch.

La terza canzone

Paolo Conte *(il nostro amico)* Angiolino

Am liebsten würde ich ja jeden Abend ins Konzert gehen, *cantautori*, und am zweitliebsten Schnulzigeres, aber auf jeden Fall italienische Interpreten. Doch läuft nichts, bis auf Paolo Conte, endlich, am Donnerstag meiner zweitletzten Stellvertretungswoche.

Ich habe gehofft, Katrin würde mitkommen ans Konzert, aber sie hätte gleichentags noch nach Lausanne zurückfahren müssen, und sie hat keinen Fahrausweis.
Ich fahre früh zum Kongresshaus, stehe lange im Foyer herum, schaue mich um und stosse auf einige Juristen von zu Hause.
»Bist du jetzt also auch weggezogen«, heisst es, »auch du.« Und: »Du hast ja recht, man kann im Ernst in so einer miefigen Kleinstadt auf die Dauer nicht leben, da ist Zürich schon etwas anderes, für dich sowieso, mit deinen Wurzeln.«
Was soll ich sagen? Ich weiss nie was sagen, wenn die Leute einem die eigene Person erklären. Ich sage trotzdem, dass ich bloss noch eine Woche hier sei und dann wieder dorthin zurückkehre, wo auch sie sozusagen freiwillig leben.
Die Juristen stehen alle auf Conte, weil Conte selber Jurist, in Asti, war. Das ergibt noch etwas Konversation. Als das Licht im Foyer erlischt, verabschieden wir uns hastig. Man würde mir ansehen, wie ich missmutig im abgedunkelten Saal meinen Platz suche, mich durch die konfus numerierten Sitzreihen zwänge, mich links und rechts entschuldigend endlich sitze. Dass der Preis der Eintrittskarte unverschämt hoch ist, wird mir einfallen. Aber ich habe niemanden zum Schmollen. Links und rechts scheint man sich auf das Konzert zu freuen.
Erst als Conte singt: *»Sguardo di donna che ti fulmina«*, denke ich an das zweite Lied der ersten Platte, denke ich an Maria.

Der Blitz, der dich trifft, und die Sicherung ist raus, und du bist vor nichts mehr sicher... – diese und andere Wortspiele über Maria, die es gab, die ich, schon als die Geschichte vor zehn Jahren spielte, hätte erwähnen bzw. erfinden können, was ich aber unterlassen habe, denn nicht alles, was man singen kann, kann man auch erzählen, haben ihren Ursprung in diesem Vers von Conte. Die Fortsetzung wäre der Film von Mario Camerini von 1932 »Gli uomini che mascalzoni« gewesen, wo Vittorio de Sica, zärtlich mit Lia Franca verbunden, singt:
Parlami d'amore Mariù
Tutta la mia vita sei tu...

Kurz, ich denke nun an Maria. Maria ist hier; ja natürlich, warum ist mir das nicht schon vorher eingefallen? Wenn sie in dieser Stadt wohnt, gesund und so weiter ist, kann sie nicht so verliebt sein, dass sie ein Konzert von Conte verpasst.

In der Pause durchstreife ich das Foyer, aber ich sehe Maria nicht. Dafür treffe ich eine ehemalige Mitstudentin, die jetzt in der Ostschweiz eine Buchhandlung führt. Ich unterhalte mich mit ihr, sie werde ich auch schon lange nicht mehr gesehen haben, fünf Jahre vielleicht. Sie ist in jeder Hinsicht attraktiv, hübsch und intelligent, wir haben sofort Gesprächsstoff, aber was macht sie an diesem Konzert? Sie will dasselbe von mir wissen. Ich finde nicht heraus, ob sie allein am Konzert ist oder ob sie aus blosser Sympathie so lange bei mir stehen bleibt.

Während ich mit ihr rede, behalte ich die Tür zur Damentoilette im Auge. Wahrscheinlich ist Maria auf dem Balkon.

Nach der Pause suche ich mit den Augen den Balkon ab.

Sie sitzt verdeckt in einer der hinteren Reihen, stelle ich mir resignierend vor, ich werde sie von meinem Platz im Parkett aus nicht sehen können. Und schaue wieder auf die Büh-

---

Die Männer, was für Schurken
Sprich mir von Liebe, Maria
Mein ganzes Leben bist du...

ne, wo Paolo Conte und sein Dutzend Mitmusiker seit der Pause lauter Lieder der aktuellen Platte singen und spielen, *canzoni*, die ich nicht kenne, die mich folglich nicht interessieren. Links und rechts errege ich Ärger, ich bin unruhig und störe, weil ich ebenso häufig in eine andere Richtung schaue wie nach vorne. Ich schiele kurz zu den besonders gestörten Herrschaften links und denke, dass so ein Konzert, an und für sich, nichts ist und für nichts.

Dann, ohne Absicht, ohne Ziel, blicke ich zum Seitenbalkon, schräg über mir. Ich bin mir sofort sicher.

Die Frisur ist falsch, wird man sehen, und sie scheint aus dieser Perspektive kleiner, eingefallen; aber diese Gesichtszüge im Halbdunkel, Hals und Kinn streift ein Lichtstrahl, die Körperhaltung und die Art, wie sie sich zum Mann, der neben ihr sitzt, verhält, den Kopf hin und her wiegt, im Rhythmus der Musik – es gibt keinen Zweifel.

Ich benehme mich so auffällig, sie müsste bemerken, dass jemand sie beobachtet, denn auch ihr Blick schweift sporadisch über das Publikum im Parkett. Aber sie wird mich nicht sehen wollen. Sie wird mich für einen Verehrer halten, sie wird sich Zeit lassen, wird zulassen, dass ich sie anstarre, mich an ihr sattsehe, bevor sie mich eines Blickes würdigen, bis sie sich vergewissern wird, dass ich jemand bin und wer.

Als aber Paolo Conte singt; es ist eines der wenigen älteren Lieder in seinem gegenwärtigen Programm:

Se capiste con che sguardo lui ci guarda
mentre noi stiamo suonando...

– ich schaue noch ein bisschen auffälliger hoch –
da, endlich, begreift sie.

Wir beobachten sie von unten: zuerst greift sie sich mit der Hand an die Schläfe. Ohne dass sie mich richtig angeschaut hat, lacht sie jetzt zu mir herunter – ich sehe hoch, sehe sie mit offenem Mund – ich schmunzle – sie lacht wieder und

---

Wenn ihr verstündet, mit was für einem Blick er uns anschaut, während wir spielen...

hält sich die Hand vor den Mund, wie jemand, dem etwas geschieht, das er nicht fassen kann. – Dann stösst sie ihren Ellbogen gegen die Schulter des Mannes, der neben ihr sitzt, lehnt sich zu ihm hinüber, flüstert ihm etwas zu, dann lacht sie wieder. – Man wird ihr ansehen, wie ihr Lachen klingt. Der Mann neben Maria schaut zu mir herunter, und aufgeschreckt wende ich den Blick unwillkürlich auf die Bühne.

Augenblicke später deute ich mit einer Kopfbewegung Richtung Ausgang, sie nickt. Wir werden uns nachher sehen. Dann schaue ich nicht mehr hoch.

Noi suoniamo e suscitiamo sentimenti
e i sentimenti se ne vanno
a impigliarsi nei capelli tutti biondi
della moglie di Angiolino.

Es gibt nicht viele Lieblingslieder, die wir teilen, aber dieses ist eines. Ich habe ihr damals sogar auf einer Karte aus Italien übersetzt:
Wir spielen und wecken Gefühle
und die Gefühle gehen
verfangen sich in den blonden Haaren
der Frau von Angiolino.
Ich habe dabei ›blond‹ gestrichen und darüber ›neri‹ und mit Fussnote geschrieben: *meglio neri, no?*

An und für sich ist ihre Reaktion völlig übertrieben, meine auch, schon immer. Zu lange haben wir uns nicht gesehen; es ist unmöglich, glauben zu können, wir hätten in der Zwischenzeit so wenig zu leben gehabt, dass wir mehr als gelegentlich daran gedacht hätten, uns wiederzusehen. Wir sind nur mit Musik erklärbar, mit der *musica leggera*; vielleicht liegt es daran, dass ich nur die Lieder hören will, die ich bereits kenne, als ich an diesem Konzert bin und Maria vor mir sehe.

Beim Schlussapplaus, Conte gibt nur zwei Zugaben, blicke

Besser schwarze, nicht?

ich noch einmal nach oben: Maria steht, den rechten Arm um den Hals des Mannes gelegt, wippend und mit der anderen Hand vor seinem Gesicht auf die rechte klatschend.

Sie ist doch nur ein Mädchen, wie es viele gibt. Es gibt sie gar nicht, denke ich, je mehr ich das, was sie tut, wahrnehme! Ein Bild kann sich auch auflösen. Maria! wie einfallslos, jede Italienerin heisst Maria, wenn man sich eine denken soll. Ich kenne keine Maria.

*

Ich bin schneller draussen als sie und warte. Es ist empfindlich kalt. Ich sehe Maria und ihren Begleiter in einer Schlange herausdrängen.

Ich weiss nicht recht, was ich mit meinen Händen tun soll, als sie mich umarmend begrüsst. Ich sehe über ihre Schulter hinweg auf den Mann, der Egidio heisst, der etwas peinlich berührt so tut, als hätte er noch nichts bemerkt. Sie riecht gut.

Maria sagt meinen Namen und dann *ciao*, und dann wieder meinen Namen, diesmal an Egidio gewandt, und dann *ti presento Egidio*, ich grüsse, dann sie wieder *ma che ci fai tu qui?* Und aber, dass sie gewusst habe, dass ich in Zürich sei, Markus habe es ihr erzählt. Sie lockert ihre Umarmung nicht und spricht auf mich ein, ihr Atem bildet in der kalten Luft kleine Wolken zwischen uns, dass sie sich freue, dass sie mich schon lange gerne wieder mal gesehen hätte. Ich sage nicht viel, weil ich eben eine Zigarette geraucht habe und fürchte, einen schlechten Atem zu haben.

Es ist übertrieben, wenn ich mir vorstelle, dass ich und Egidio uns nicht leiden können. Aber merkwürdig ist es.

Wir gehen auf meinen Wunsch in die lärmigste Bar der Umgebung.

Ich spreche Maria in der Beiz in Mundart an, denn es ist die üblichere Sprache zwischen mir und Maria. Alles andere wäre nicht normal, Egidio wird ja wohl Deutsch verstehen, denke ich, sollte ich soweit denken. Wahrscheinlicher ist, dass ich Egidio nicht beachte, Maria habe ich seit Jahren nicht mehr gesprochen, ihn noch nie.

Maria antwortet Italienisch; zuerst meine ich, sie will mischen.
Aber das ist es nicht, stelle ich mit der Zeit fest. Es dauert eine Weile, bis ich merke, dass sie ausschliesslich Italienisch spricht und ich ausschliesslich Deutsch spreche. Ihr Italienisch, so ein gekünsteltes RAI-Standarditalienisch, pedantisch darauf bedacht, ihren süditalienischen Akzent zu übertünchen, wir sind im billigen Kabarett, werde ich mir plötzlich denken und mich umsehen, der Rauch und das Gegröle in dieser Bar würden dazu passen.
Ich werde wortkarg. Sie spricht um so mehr und fragt mich aus, Fakten über mich, die Familie, Leute, die wir gemeinsam kennen. Ich antworte kurz, wie bei einem Verhör.
Sie muss mein Verhalten dann doch bemerken, und es wird fast nicht mehr gesprochen. Es ist auch sehr lärmig, das könnte als Grund standhalten.
Ich sage schliesslich, weil ich mich schäme, was denkt Egidio, dem ist das Ganze wohl zu undurchsichtig, ich müsse gehen, ich hätte morgen früh Unterricht.
»*Quando ci vediamo? Ho tante cose da dirti.*«
»Gerne, ich bin noch die ganze nächste Woche da..«
»*Potremmo andare a cena insieme.*«
»Ausser Mittwoch bin ich jeden Abend frei.«
»*Giovedì?*«
»Ja, das sollte gehen. Wo?«

Pause.

Maria sieht mich an. Dann:
»Im Bistro bei der Sihlpost, um acht. Weisst du, wo das ist?«

»Wann sehen wir uns? Ich habe dir soviel zu erzählen.«
»Wir könnten miteinander essen gehen.«
»Donnerstag?«

Ich zögere, schaue sie an, schaue in ihre Augen, die mir merkwürdig verändert vorkommen, könnte vom Rauch sein, der in der Luft hängt, denke ich. Jetzt muss ich verschwinden. Ich werde noch schneller sentimental, wenn ich etwas getrunken habe, eine weitere mögliche Schwäche von mir.

»*Sì*«, sage ich, »*lo so dov'è. Allora, devo andare. Ciao, Egidio. A presto, Maria.*«

»Ja, ich weiss, wo das ist. Also, ich muss gehen. Ciao, Egidio. Bis bald, Maria.«

La quarta canzone

Lucio Dalla / Francesco de Gregori *Cosa sarà*

Manchmal zweifle ich zu Recht, ob es mich und Maria überhaupt gibt. Man hat mich und Maria oftmals belogen, hat uns beigebracht, was ein Ausländer ist, und dann, als wir uns als solche darstellten, vielleicht sogar zu fühlen begannen, uns die Existenzberechtigung aberkannt.

Da bin ich verloren und möchte unverloren sein.

So ausser mir denke ich an Maria, in Zürich, einen ganzen Tag lang, bis ich sie am Abend im Bistro bei der Sihlpost treffe.

Cosa sarà, das mich meinen lässt, wenn ich dich sehe, ich machte meinen Eltern eine Freude, wenn ich dich liebte?

Cosa sarà, das uns acht geben lässt aufeinander, mehr als andere des selben Alters?

Cosa sarà, was uns Freunde sein lässt, immer wieder so, wie wir als Teenager waren?

Cosa sarà _____ ?

Ich bereite mich auf das Rendezvous vor, indem ich meiner Arbeit nachgehe. Ich bin hier stellvertretender Lehrer, und als solcher gerate ich mit der Zeit und etwas Routine wieder in gewisse Mechanismen. Ich spüre den Imperativ, fortwährend vorbereitet sein zu müssen, schliesslich soll das Leben für den guten Pädagogen voraussehbar und in der Schule modellhaft imitier- und reproduzierbar sein. Die Lektion gelingt, wenn sich der Lehrer gut vorbereitet.

Mit der Zeit muss dieser Imperativ vom Berufs- ins Privatleben überschwappen, besonders dann, wenn etwas, was so heikel ist wie eine Schulstunde, ansteht.

Entspannen kann ich mich in den Pausen, den kurzen wie langen, vor und nach den Stunden. Diese nutzt ein bedächtiger Pädagoge wie ich, so wie ich jetzt, um im Kopf die Vorbereitung durchzugehen.

Eine Lücke.

Ich habe auch in meinem Leben als Stellvertreter Lücken vorbereitet, Texte als Lückentexte, dabei darauf geachtet, besonders jene Worte der Liedtexte auszulassen, die auf meine Vergangenheit und Jugend verweisen. Jetzt, wo ich mich im Bistro bei der Sihlpost sitzen sehe, reift in mir die Absicht, ein Meister, ein Lehrmeister des Lückentextes zu werden.

Ich teile die Blätter aus, lege die CD ein, vom ersten Ton an sehe ich den Film abrollen, auf der Leinwand, während die Schüler wie Leser die Worte akustisch aufnehmen, in eigene Laute, in Sinn, schliesslich in Buchstaben umsetzen und in die Lücke füllen.

Jedes Wort ist ein Bild, vierundzwanzig pro Sekunde.

Ich kommentiere, wie in einem Untertitel, die Musik. Ich habe die Lektion im Kopf, liebe Schülerinnen und Schüler, setzt die Worte in diesen Lückentext ein, aber denkt daran, dass dieser Liedtext mehr Leerstellen als sichtbare Lücken hat. Und dann versucht, die Texte zu übersetzen. Ins Deutsche, in unser aller Leben.

Ein Kollege hat mir vier Wochen lang einen Fortsetzungsvortrag über den didaktischen Wert des Lückentextes gehalten. Ich habe manche Erfahrung gesammelt und bin gereift. Wer sich jahrelang in etwas versucht, versichert er mir, wird sich zuletzt etwas zutrauen.

Ein anderer, mehr ein Intellektueller als ein Didaktiker, spricht nur einmal mit mir. Als ich ihm erzähle, ich hätte mir das Schwerpunktthema *musica leggera* stufenübergreifend gesetzt, antwortet er, seit er Schüler habe, die nicht mal mehr wüssten, wer die Beatles seien, denke er ans Aussteigen aus dem Beruf.

Ich sitze und kann es nicht lassen, mich immer wieder nach der Tür umzudrehen, und als Maria endlich das Lokal betritt, habe ich mich gerade wieder ungeduldig nach der Tür gewendet, so dass wir uns gleich anblicken.

»*Scusami*«, sagt sie, noch während sie auf mich zuschreitet, und dann, als sie am Tisch steht, noch einmal: »*Scusami*«.
»Das Tram?« werde ich fragen.
Sie nickt: »Weisst du, in Zürich ist es manchmal schrecklich mit dem Verkehr, absoluter Horror«, und beugt sich über mich.
Und sie setzt sich und sagt, immer noch geschäftig: »*Scusami per il ritardo! Oggi ho lavorato fino alle sei in ufficio, poi di corsa a casa ed eccomi.*« Sie streicht sich ihre Frisur zurecht.

Ich habe Katrin nicht erzählt, dass ich Maria am Konzert getroffen habe. Ich habe ihr nicht erzählt, dass Maria und ich heute zusammen essen gehen.

Maria wird nur etwas Leichtes nehmen, und ich das Erstbeste, was mir einfällt, Tortellini vielleicht.
Dann wird mich etwas irritieren. *Cosa sarà?* Vielleicht ist es ihre Augenfarbe, die früher grün war und jetzt braun ist. Oder es sind die grauen Strähnen? Oder die rot geschminkten Lippen, blutunterlaufen.
»Irgend etwas ist anders an dir.«
»Gefällt dir mein Haarschnitt?«
»Mmh, ja, ich fand's zwar auch sehr schön mit den langen Haaren.«
»Ich trage seit vier Jahren keine langen Haare mehr.«

Ich zünde früher, als ich es mir vorgenommen habe, eine erste Zigarette an. Es wird mir schwerfallen, denn ich bin eigentlich Nichtraucher und habe Probleme mit Asthma.
Den Wein werde ich bestellen, um gelassener zu werden.

Ich habe im übrigen auch einst lange Haare getragen, wie Maria weiss, als es bei uns noch ein autonomes Jugendhaus gab.

»Entschuldige.«
»Entschuldige die Verspätung. Heute habe ich bis sechs im Büro gearbeitet, dann schnell nach Hause, und hier bin ich.«

»Lange Haare sind lästig«, sage ich und dann, »*sai con la vecchiaia.*«

»*Il tipo italiano eh, ti piace. Va molto di moda. E fa effetto.*«

Nach den Haaren reden wir über gefärbte Linsen, warum jemand wie Maria das tut. Dann über Kleider, Schmuck.

Ja, ich trage noch immer meine Goldkettchen, seit 10 Jahren, irgendwie habe ich mich dran gewöhnt, auch wenn ich vieles andere vom *Italiano* wieder abgelegt habe.

Morgen ist der letzte Tag meiner Stellvertretung, meine Sachen sind gepackt, morgen abend fahre ich nach Hause.

Dann fragt mich Maria, warum ich ausgerechnet Lehrer geworden sei.

Ich sei ja gar nicht Lehrer, sage ich, ich sei Stellvertreter, schon nächste Woche müsse ich mich wieder nach Arbeit umsehen. Eventuell ergebe sich auf den Herbst etwas an der Uni. Und weil ich nicht recht weiss, ob es klug ist, weiter an der Uni zu bleiben, sprechen wir recht lange über meine Zukunftsaussichten.

Ich will nichts von ihren Plänen wissen.

»Pläne sind Ausreden.«

Maria ist erstaunt. »Und deine Eltern, was sagen sie? Du bist doch nicht der Typ, der auf Dauer in den Tag hinein leben kann.«

Ich sei bisher ganz gut damit gefahren, dass ich mich nicht festgelegt hätte, antworte ich. »Weisst du, diese Karrieristen. Bilden sich weiss nicht was ein, anders zu sein als die anderen. Ich mag Leute nicht, die besser sein wollen als andere.«

»Ich hätte auch gern studiert, wie Katrin«, sagt Maria.

Als die Bedienung das Essen aufgetragen hat, sagt Maria,

...weisst du, mit dem Alter.«
»Der Italiener eh, gefällt dir. Ist ›in‹. Und wirkt.«

dass sie in diesem Lokal stets gut gespiesen habe, zuletzt letzten Freitag mit Markus einen zarten Fisch: »*Sogliola.*«

Ich bin erstaunt. Sie haben offenbar noch Kontakt zueinander. Ich frage, warum sie und Markus nicht ein Kind gewollt hätten. Ich meine die Frage ganz grundsätzlich, sage ich, wenn man so lange zusammen sei, hätte man doch auf die Idee kommen können, zumal wenn ich mich an Marias frühere Ansichten erinnere.

»Und du? Heiraten?«

»Was?«

»Daran denkt ihr nicht?«

»Ich?«

Heiraten ist doch kein Thema mehr heutzutage – oder? Ich müsste entspannter werden, leichtsinniger. Man braucht eine gewisse Gelassenheit, um über bestimmte Dinge zu reden.

»Klar denke ich daran, weil ich auch mal Ausländerkinder zeugen will. Wir mit unseren guten Erfahrungen. Heimlich träume ich schon von Ausländerenkelkindern, ich würde sie die ›Vierte Generation‹ nennen und ein soziologisches oder psychologisches Buch darüber schreiben, ich habe mich noch nicht entschieden.«

Sie lacht. »Und im Ernst. Wollt ihr Kinder?«

»Im Ernst fürchte ich nur, dass ich langsam reif für die Ehe werde.«

Diesmal lacht Maria nicht. Sie sagt nachdenklich: »*Le nostre madri ci volevano far sposare, ti ricordi?*«

»Das wäre vielleicht gar nicht das Letzte gewesen«, sage ich immer noch ironisch.

»*Ma tu lo sai che i tempi sono cambiati anche in Italia?*«

Cosa sarà, das uns von Heiraten reden lässt, wo wir doch geschworen haben, dass wir alles tun werden ausser heiraten, eine richtige Familie gründen und katholisch bleiben?

»Seezunge.«
»Unsere Mütter wollten uns einmal verheiraten. Weisst du noch?«
»Aber du weisst, dass sich die Zeiten auch in Italien verändert haben?«

Maria, wenn ich sie vor mir sehe, ist eine attraktive Frau. Ich denke an Katrin und dass unsere Sexualität nicht unkompliziert ist, aber mit Maria wäre es komplizierter.

»Ich habe zugenommen«, sagt Maria, »zwei Kilo, seit ich nicht mehr mit Markus zusammen bin.«

Wir essen. Die Erinnerung isst mit.

»Die Schweizer kochen inzwischen besser italienisch als die Italiener«, sage ich, »solche Tortellini würden unsere Mütter jedenfalls nicht zustande bringen. Die Kopie ist besser als das Original.«

»Warum?« fragt Maria ungeduldig, »die unserer Eltern ist eine Hungerküche, was Tortellini sind, haben sie in der Schweiz gelernt.«

Cosa sarà,
che ti spinge ad amare una donna bassina e perduta
la bottiglia che ti ubriaca, anche se non l'hai bevuta

Wenn Maria nicht mehr mit Markus zusammen ist, wirklich und endgültig, geht mich das mehr an, als es mir, bevor ich ins Bistro bei der Sihlpost kam, bewusst war. Nun, da Maria mich zwingt, ernsthaft zu werden, ihr zuzuhören, werde ich es bemerken. Eine Unachtsamkeit, ein paar Sätze, wo ich es verpasse, abzulenken oder zu kalauern, und schon ist Maria mitten im Thema, meint also, sie sei selber schuld, dass sie sich getrennt hätten, sie habe es versäumt, mit Markus mehr und öfter Italienisch zu sprechen.

Unsinn! Darauf bin ich nicht vorbereitet. Ich möchte lieber an früher denken und flirten und Blödsinn reden. Oder, wenn schon, zahlen und gehen. Sich der italienischen Kultur nähern? Wo wäre die, und wie sollte man das können, sich einer Kultur nähern?

Ich sehe mich nach der Bedienung um.

Was wird's denn sein
dass du einem gefallenen Mädchen winkst
die Flasche, die dir einfährt, obwohl du sie nicht trinkst
(Übersetzung: P. Burri)

Was hat ihre Beziehung mit Egidio mit Markus' Sprachkenntnissen zu tun? »Was sagst du da?« Sie ärgert mich.

Sie bleibt überzeugt bei ihrer Analyse und wiederholt sie ausführlich. Sie warnt mich. Ich solle aufpassen, dass es mir und Katrin nicht gleich ergehe.

Mir reicht's. Ich weiss nicht, was ich sage. Aber ich finde es geschmacklos, aus einem Beziehungsproblem einen Kulturkonflikt zu machen. Wir sind schliesslich nicht wie vor zehn Jahren im Gymnasium auf einem Podium, dort hörte man solches gerne. Mir kann sie keine Hauseckensoziologie weismachen, und wenn sie noch so lange darauf besteht, ich müsse sie verstehen.

Maria beginnt zu weinen. »Du bist wie meine Mutter«, sagt sie unter Tränen, »nein, es liegt nicht immer alles nur an mir; das lasse ich mir nicht nachsagen, von dir schon gar nicht. Er hat mir so oft weh getan, einmal ist Schluss, endgültig Schluss.« Sie schluchzt. »Er wollte nicht auf mich eingehen, er hat nie einen Schritt auf mich zu getan. Die Männer sind solche Egoisten.«

Ich sehe, jetzt, vor mir, *cosa sarà*, wo unser Problem war*: non capivo quello che mi voleva dire. Non ci avevo pensato. Non ero preparato.* Mehr als ein paar sentimentale und ein paar verwegene Gedanken hatte ich mir im voraus nicht gemacht.

Dort am Tisch im Bistro bei der Sihlpost irritiert mich zunächst am meisten, dass sie schluchzt. Die Leuten könnten meinen, wir hätten etwas miteinander, ein Problem oder sonst etwas, das wir teilen. Ich hätte Katrin sagen sollen, dass ich Maria heute treffe, es war ein Fehler, es Katrin zu verschweigen. »Bitte nicht«, sage ich.

Maria hört mich nicht. »Das ist auch eine Seite von mir, die muss er begreifen, er kann nicht so tun, als gebe es nur die

---

Ich verstand nicht, was sie mir sagen wollte. Damit hatte ich nicht gerechnet. Ich war nicht vorbereitet.

Maria, die ihm passt und die immer da ist, wenn er sie braucht. Und dazwischen herumflippen, wie's ihm grad drum ist.«

»Natürlich!« gebe ich ihr recht.

»*Non piangere. Mi spezzi il cuore, se piangi*«, sage ich.

Sie schneuzt wieder, klaubt an ihren Augen herum, legt schliesslich die Linsen in das Taschentuch.

Maria mit verweinten grün schimmernden Augen, der Lidschatten verschmiert, ich sehe sie ganz gross vor mir wie in einer Totale.

»*Ma come sei bella! Lo sai che mi piaci molto di più cogli occhi verdi. Sarà meno italiano, ma è più Maria.*«

Sie lächelt, ohne mich anzusehen, schneuzt.

»*Tu sei tanto coraggiosa, Maria.*«

Vielleicht möchte ich sie in meine Arme nehmen und trösten.

Sie steht auf. »Ich gehe rasch zur Toilette«, sagt sie, »ich muss die Linsen wieder einsetzen.«

Wenigstens haben wir fertiggegessen. Wir wollen zahlen.

»In der Tasche ist mein Portemonnaie«, sagt sie.

»Du kannst dann in der nächsten Beiz zahlen; oder willst du schon nach Hause?«

Sie ist stehengeblieben. »Gut«, sagt sie.

Cosa sarà, das wir jetzt am liebsten
Cosa sarà,
Cosa sarà, das uns
Cosa sarà, was wir suchen müssen
che dobbiamo cercare, che dobbiamo cercare.

»Weine nicht! Du brichst mir das Herz, wenn du weinst.«
»Wie schön du bist. Weisst du, dass du mir mit grünen Augen viel besser gefällst? Es ist vielleicht weniger italienisch, aber mehr Maria.«
»Du bist mutig, Maria.«

La quinta canzone

Edoardo Bennato *Campi Flegrei*

Es ist nach zehn, schätze ich, als wir aus dem Restaurant in die kühle Vorfrühlingsabendluft treten. Maria trägt einen schwarzen Mantel, und um die Schulter hängt ihre grosse Tasche. Man sieht ihr das Mädchen, das wir einmal gesehen haben, wieder an. Sie hat sich in der Toilette frisch geschminkt, man sieht ihr nicht mehr an, dass sie geweint hat.

»*Che bello stare qui con te*«, sagt sie und hängt bei mir ein, als wir durch die Gassen schlendern. Es hat jetzt etwas mehr Leute in den Gassen als zuvor, ziellos schlage ich eine Richtung ein, wo es dank den Schaufensterbeleuchtungen hell ist: wir bleiben vor den Auslagen stehen, Maria kennt sie. Sie zeigt mir, wo es einen schönen Pullover, wo es schöne Schuhe zu kaufen gibt. Ich gebe ihr recht, ich sehe mir die Sachen auch gerne an. Ich zähle Maria auf, was ich alles eingekauft habe in den letzten Wochen. Sie meint, wir müssten einmal zusammen auf Einkaufstour gehen, sie würde mich und ich würde sie beraten.

»Warum nicht?« sage ich, obwohl ich mir nicht vorstellen kann, wann und wie wir das tun sollten. Morgen fahre ich weg. Das sind Dinge, die man so sagt, ich nehme es ihr nicht übel, ich sage auch vieles einfach so. Einfach so sagt man manchmal mehr, als wenn man sich Mühe gibt, das Richtige zu sagen.

Dann zieht mich Maria vor die Auslage eines Goldschmieds, der den schönsten Schmuck der ganzen Stadt mache. »Diesen Ring hätte ich so gerne«, sagt sie und deutet auf einen Goldring im hinteren Teil des Schaufensters, eher versteckt, so dass ich ihn der spärlichen Beleuchtung wegen nicht recht sehe, »vielleicht werde ich ihn mir nächsten Monat leisten können. Das Geld ist knapp, jetzt wo ich alleine den Mietzins bezahlen muss.«

»Schön ist es, mit dir hier zu sein«

»Che ingiustizia però«, sage ich.

Dies sagt das nie recht aus dem Ei geschlüpfte Küken Calimero, wenn es die Ungerechtigkeit der Welt feststellt. Calimero ist eine der Zeichentrickserien in den *Scacciapensieri* auf dem Tessiner Kanal gewesen, Samstagabend, als man noch keine RAI in der Schweiz empfangen konnte.

Sie hat ihren Kopf an meine Schulter gelehnt. Maria kann sich mit Calimero identifizieren wie ich und manches Kind in unserem Alter. Die Welt ist sehr ungerecht für unsereiner, die wir stets das Gute wollen und stets Fehler begehen. Ich schaue über meine Achsel auf ihre Haare, dann senke ich den Kopf und blicke sie aus den Augenwinkeln an, so dass sie aufschaut: »Frag doch Egidio, ob er ihn dir kauft.«

Ihr Gesicht erstrahlt, als hätte man sie an etwas Schönes erinnert, das ihr bevorsteht, das sie aber vergessen hat. Sie streckt mir ihre Hand, die sie bei mir untergehakt hatte, unter die Augen: *»Guarda questo anello, Egidio me l'ha regalato. Non è bellissimo.«*

Es ist ein breiter, dünngewalzter Ring aus rötlichem Gold. Könnte ein Ehering sein, werde ich denken.

Ich suche auch Trost. Dies ist ein Abschiedskonzert für Maria. Ich tröste mich damit, dass Maria schon immer das Talent gehabt hat, unwirkliche Stimmung zu zerstören. Sie hat einen eigenartigen Umgang mit der *musica leggera*. Jedenfalls, scheint mir, ist es nur den anderen im Nachhinein peinlich, Markus, mir, Egidio dereinst, wer weiss, aber nicht ihr. Es ist das gleiche Gefühl, das einen befällt, wenn man von einem Gedicht so ergriffen ist, dass man nicht anders kann als glauben, es sei nur für einen geschrieben worden, und man dann konsterniert feststellen muss, dass es anderen auch gefällt.

»Gehen wir noch etwas trinken, in eine Bar?« frage ich.

»Wie ungerecht!«
»Schau, diesen Ring, Egidio hat ihn mir geschenkt, ist er nicht wunderschön?«

Sie zögert, dann macht sie kehrt, zieht mich am Arm in eine andere Gasse und sagt: »Wir gehen zu mir.«
Ich sage nichts und lasse mich führen.
»*Ammettiamo, che avessimo dei figli, gli parleremmo l'italiano? Cosa pensi?*«
»*Come?*«

»Es ist nur ein Gedankenspiel: Würden wir miteinander Italienisch und Deutsch sprechen, so dass die Kinder auch beide Sprachen beherrschten?«
»*E che ne so, io.*«

»Das wäre doch aber gut – nicht?«
»Ich glaube nicht, dass wir oft Italienisch miteinander sprechen würden, wenn nicht andere Italiener dabei sind; von daher würden auch die Kinder kaum mehr Italienisch sprechen.«
»*Sì?* – Aber wenn wir uns Mühe gäben... Viele Zweitgenerationspaare reden Italienisch miteinander, als Umgangssprache, prinzipiell jedenfalls; es wäre doch hirnverrückt, wenn man nicht beides weiter pflegen würde.«
»*Maria, per saperlo dovremmo sposarci. Al più presto possibile.*«

Sie ist eine Frau und ich ein Mann, unverheiratet, wir könnten eine wunderschön weisse katholische Hochzeit feiern. Ich sehe unsere Mütter in der Kirche warten, auf dass sie weinen können über ihr Glück.

»Ich möchte schon, dass meine Kinder einmal Italienisch können«, sagt Maria.

*

»Angenommen, wir hätten Kinder, würden wir mit ihnen Italienisch sprechen, was meinst du?«
»Wie?«
»Weiss ich doch nicht.«
»Maria, um das herauszufinden, müssen wir heiraten, so schnell wie möglich.«

Maria wohnt im Seefeld, in der ausgebauten Mansarde eines Mietshauses der Jahrhundertwende. Sie entschuldigt sich, als sie vor mir die Treppe hochsteigt, für die Unordnung in ihrer Wohnung.

Hinter der Wohnungstür ist der Gang mit der Garderobe, wo ich meine Jacke ablege. Maria ist rechts in die Küche gegangen, ich sehe, dass neben der Einrichtung ein Tisch für zwei Personen darin Platz hat.

»Mist«, höre ich sie sagen, und dann will sie wissen, ob ich ein Glas Wein trinke. Ich bleibe im Gang stehen. Ich will die Küche nicht betreten, sonst müsste ich womöglich dort Platz nehmen. Ich will die ganze Wohnung sehen.

Sie kommt mir mit einem Schlüssel in der einen, zwei Weingläsern in der anderen Hand wieder entgegen. Ich sage: »Gern, danke«, und sie drückt mir die Gläser in die Hand, entschuldigt sich, sie müsse im Keller eine Flasche holen gehen und meint, die Tür neben der Küche öffnend, ich solle es mir doch in der Stube gemütlich machen.

Wie erwartet, ist die Wohnung fein säuberlich aufgeräumt. Es ist ein grosser Raum, aufgeteilt durch zwei Büchergestelle; dahinter müsste das Bett sein. Der Raum hat nur ein Fenster, das kein Dachfenster ist. Man sieht von dort auf das Opernhaus. Die Einrichtung ist modern, imitierte Designermöbel, vermute ich.

Nichts deutet darauf hin, dass sie erst seit kurzem hier wohnt. Ich ziehe Vergleiche mit ihrem Zimmer bei den Eltern, wo ich ihr Nachhilfeunterricht gegeben habe; einzig die vielen Figuren, die überall aufgestellt sind, dieselben wie damals wohl, erinnern daran.

Bald und ohne grössere Skrupel überwinde ich meine Hemmungen und schaue hinter die Bücherwände. Ich sehe ein schmiedeeisernes Doppelbett mit zwei Duvets; ich zittere, als wäre ich ein Dieb, dabei stehe ich nur da und spähe. Auf einem der beiden zum Bett assortierten Nachttischchen liegt ein Buch und sonst nichts; das ist bestimmt Marias Seite. Auf dem anderen ist mehr Unordnung, zuoberst auf einem Stapel von Zeitschriften und Zeitungen liegt der »Spiegel«. Ich will es wissen, schleiche zum Nachttischchen und hebe den »Spiegel« hoch. Darunter ist die »Unità«, verschiedene Nummern des »Espresso«. Ich lege alles wieder zurecht und gehe rasch hinter die Bücherwand zurück. Erst jetzt sehe ich, dass auch auf dem Salontischchen neben den beiden Polstersesseln eine Nummer der »Unità« liegt.

Ich will mich jetzt beschäftigen, gehe zur Stereoanlage und schaue die daneben gestapelten CDs durch. Sie ist immer noch à jour, besser als ich, die neuesten Platten von Fossati, Caputo, Baccini, Jovanotti; die Frauen: Mia Martini, Berté, Alice, Mannoia.

Ich weiss nicht recht was auflegen, also versuche ich, das abzuspielen, was im CD Player liegt. Es dauert, bis ich die Anlage in Gang gebracht habe. Aber kein Ton kommt raus.

Nach einer Weile tritt Maria zur Tür herein, reicht mir kommentarlos die Flasche und verschwindet in der Küche.

Ich begutachte: »Oh, Taurasi! 82!«

»Extra für dich, habe ich selbst gekauft, *giù da noi, in un piccolo negozio sotto i platani*.«

»*Ma ti intendi di vino?*«

»*Troppo tempo che non ci siamo visti*«, sagt sie, als sie wieder im Zimmer ist und den Korkenzieher vor mich auf das Tischchen legt. Sie setzt sich in den Sessel mir gegenüber und zieht die Beine hoch.

Ich nehme den Korkenzieher, drehe die Spirale hinein und ziehe den Zapfen mit Wucht heraus, dass es knallt. Ich schenke ein, dann prosten wir uns zu.

»Eigentlich sollte man ja nicht anstossen«, sagt Maria nach einer Weile.

»Warum?«

»Das ist mehr eine schweizerische Eigenart, wir erheben das Glas und blicken uns in die Augen.«

»... bei uns unten, in einem kleinen Geschäft unter den Platanen.«
»Verstehst du denn etwas von Wein?«
»Zu lange, dass wir uns nicht gesehen haben.«

»Wer sagt das? Egidio?« Ich könnte sie scharfsinnig ansehen, und wenn sie nicht antwortet, weiterfahren: »Seit wann liest du die *'Unità'*?«

»Hast du spioniert?«

»Nein, kombiniert.«

»Würde mich nicht überraschen, wenn du spioniert hättest.«

»Lebt ihr zusammen?«

»Egidio hat eine eigene Wohnung in Uster. Er übernachtet manchmal hier, nach einer Sitzung oder wenn er am andern Tag etwas in der Stadt los hat.« Sie schaut auf die Uhr: »Er sollte eigentlich längst hier sein, er war an einer Veranstaltung des *Centro Studi* heute abend.«

»Aha«, sage ich. Ich schaue auch auf die Uhr. Katrin wird bereits im Bett sein.

Wenn ich das gewusst hätte, wäre ich nicht hergekommen. Wenn ich gewusst hätte, dass sich die Umstände auch mehr als zehn Jahre später wiederholen. Wenn nicht Pippo wie früher jeden Moment hereinkommt, dann Egidio. Ich komme mir vor wie ein Pingpong-Ball, hin und her in Zeit und Raum, ich sehe mich bei ihr in ihrem Zimmer, damals und jetzt. Ich bräuchte etwas Musik, die Musik bringt Ordnung und Chronologie in mein Leben, die Musik hört sich an wie mein Leben. Ich bin froh, ist morgen mein letzter Tag. Katrin und ich wollen das Wochenende im Tessin verbringen.

»Ich sollte gehen.«

»Morgen ist doch dein letzter Tag...«

»Ist sollte trotzdem etwas fit sein«, sage ich und schenke mir nach.

»Soll ich etwas auflegen?«

Ich stehe auch auf und folge ihr, lege mich neben sie vor der Stereoanlage auf den Teppich.

»Wie hast du's mit den *cantautori*?« fragt sie.

»Nicht mehr so wie früher. Ich kaufe seit Jahren kaum mehr Platten von ihnen, und wenn ich's tue, wie zum Beispiel die letzte Dalla, verstehe ich nur noch Bahnhof, ich begreife seine Musik nicht mehr. Ich glaube, ihre Zeit ist vorbei. Für mich.«

»Ich kenne dich. Dir gefallen die alten Sachen am besten; selbst Lieder, die du zum ersten Mal hörst, gefallen dir sofort, wenn du weisst, dass sie alt sind.«

»Ich stehe ja auch auf andere Musik«, sage ich, »in Wahrheit höre ich kaum noch italienische Lieder, ausser in diesen Wochen, arbeitshalber, für den Unterricht.« Maria kniet vor der Anlage. Ich hinter ihr am Boden, mein Gesicht dicht an ihrem Rücken. Ihr schweres Parfum, so eines, wie ich ihr empfehle, wenn sie mit einem anderen ausgeht, irritiert mich.

Sie wühlt noch immer in den CDs. »Ich weiss gar nicht, was ich auflegen soll. Für dich etwas aus der alten Zeit?«

»Etwas Neapolitanisches«, sage ich, »da weiss man, was man hat.«

Jetzt, da ich ihren Rücken studiere, bemerke ich ihre Kleidung: Sie trägt einen weiten, grauen Wollpullover und Bluejeans, die gleichen wie ich. Mir scheint nicht, dass sie molliger geworden ist, aber ich bin scheuer geworden, noch scheuer als damals in meinen Träumen, als sie mir Gedichte vorlas und ich mich nicht zu schummeln getraute. Obwohl schummeln zum Spiel gehört hätte.

»Pino Daniele«, kündigt sie an.

»*Nackete Weiber, sehr gut!*«

Sie drückt am Gerät herum, sie will mir wohl ein bestimmtes Lied vorspielen. »Eine Life-Platte.«

Ich höre die ersten Töne von ›*Napul'è*‹. Ich will etwas sagen, aber mir muss die Stimme versagen. Wir lauschen, stumm, andächtig. Maria holt ihr Weinglas und legt sich neben mich auf den Boden, langgestreckt, das Gesicht auf die Arme gelegt schaut sie mich von unten an. Unsere Blicke kreuzen sich kurz, dann schaue ich gerade vor mich hin. Ich spüre, wie die Musik mich schwermütig macht. Ich denke daran, dass Egidio jeden Augenblick kommen muss. Ich kriege Lust, eine Zigarette zu rauchen.

»Ich habe die Platte auch, wunderbar!« sage ich nach einer Weile.

»Ich war an dem Konzert. Vorletzten Sommer.«

Ich frage: »Mit Markus?« Und sie erzählt mir von ihrem

Aufenthalt in Montalto. Dass Markus darauf vorzeitig abgereist ist, weiss ich. Es hat genug Aufsehen erregt.

Ich frage Maria nicht, warum Markus abgereist ist. Ich frage sie nicht, ob dies ein Grund dafür war, dass sie sich getrennt haben. Oder die Kolumne oder die Affäre. Nicht weil es mich nichts angeht, nur weil ich es mir selber denken kann, wenn ich es wissen will, werde ich mir denken.

Ich werde es nicht wissen wollen, ich werde jetzt, wo wir auf ein und demselben Teppich liegen, Nostalgie und fast etwas wie eine Liebesgeschichte spüren wollen, wie wenn Egidio nie kommen würde.

»Wir müssen mal zusammen nach Neapel«, sagt Maria. Sie schaut mich dabei nicht an, sondern starrt vor sich hin, entrückt.

Ich hole die Weinflasche und schenke uns nach. »*Je stò vicino a te*«, singe ich leise mit, es ist das nächste Lied der Platte, es passt.

»*Mi fa tanto piacere, aver passato questa serata con te*«, sagt Maria. Sie spielt mit meiner Hand, die am Boden liegt. »*Saremo sempre amici.*«

»*E perché no? Quando faremo il nostro viaggio a Napoli?*«

»*Faremo una gita insieme. Prima passeremo per Salerno, poi saliremo su, tutta la Costa Amalfitana.*«

»*Vietri, Maiori, Amalfi, Positano, Sorrento*«, sage ich. Ich kenne die Ortschaften an der Strecke, weil sie die touristisch repräsentativste der Gegend ist.

»*Poi su, lungo la costa, Vico Equense, Castellamare, Pompei, no Pompei non sta lungo la costa. Ehm... Torre del Greco...*«

»Ich bin nah bei dir.«
»Es freut mich so, diesen Abend mit dir verbracht zu haben.« (...) »Wir werden immer Freunde sein.«
»Was spricht dagegen? Und wann machen wir unsere gemeinsame Reise nach Neapel?«
»Wir machen zusammen einen Ausflug. Zuerst kommen wir an Salerno vorbei, dann die ganze amalfitanische Küste hoch.«
»Dann die Küste hoch, Vico Equense, Castellamare, Pompei, nein Pompei liegt nicht am Meer. Ehm... Torre del Greco...«

»*Prima c'è Torre Anunziata.*«
Ah sì, giusto. – Poi?«
»*Ercolano, Portici. Poi il bello…*«
»*Napoli.*«

Maria beugt sich zur Stereoanlage. »*Attraverseremo tutta la città*«, sagt sie, »*e poi…*«

Sie wühlt hastig in ihren CDs, wechselt, als sie die gesuchte in den Fingern hält, die Scheiben aus. Ich kann nicht erkennen, was es ist.

Nach ein paar Tönen: ›*Son' già le sette, nell'aria c'è un suono*‹, ist es klar: Bennato.

Ich warte den Refrain ab und singe dann mit:
»*Campi Flegrei, gente che va,*
tempo d'aprile, qualche anno fa,
vecchio pianino, suona per me
quella canzone … Campi Flegrei.«

Maria tanzt zum Lied, aber ich mag nicht aufstehen. Ich nippe an meinem Glas und schaue ihr zu. Sie nimmt mir das Glas weg und zieht mich hoch. Wir tanzen. Ich getraue mich nicht recht, sie anzufassen. Als das Lied fertig ist, bin ich ausser Atem und lasse mich wieder auf den Teppich fallen.

Maria sagt, als auch sie sich wieder gesetzt hat: »*L'estate prossima mi vieni a trovare, e poi facciamo una gita a Napoli.*«

Jetzt werde ich stutzen, jetzt endlich werde ich richtig kombinieren. *Gita? gita* heisst doch Ausflug?

»Was?« sage ich.

»Zuerst kommt Torre Annunziata.«
»Ach ja, richtig. – Dann?«
»Ercolano, Portici. Dann das Schönste…«
»Wir werden die ganze Stadt durchqueren, (…) und dann…«
›Es ist schon sieben Uhr, in der Luft liegt ein Klang‹
»Campi Flegrei, Leute spazieren
Aprilwetter, einige Jahre her
ein altes Klavier spielt für mich
jenes Lied … Campi Flegrei.«
»Nächsten Sommer kommst du mich besuchen, und dann machen wir einen Ausflug nach Neapel.«

»*Mi faccio prestare una macchina, e poi andiamo, possiamo anche restare qualche giornata dai miei.*«
»Was sagst du da«, sage ich.
Nun wird sie mich etwas unsicher anschauen.
»Sprich deutsch und deutlich mit mir«, sage ich. Ich meine es für einmal nicht als Wortspiel.
»Vielleicht gehe ich im Sommer nach Italien.«

Egidio kehrt nach Italien zurück, man hat ihm eine Stelle in Rom angeboten

»Stell dir vor – in Rom!«

und er hat unterschrieben, er wollte ohnehin bald zurück, es habe ihm in der Schweiz nicht so recht gefallen; und er hat sie gefragt, ob sie mitkomme. Er wird auf das neue Schuljahr, im September, beginnen.

»*Mò fate casa e bottega*«, sage ich.
Ich richte mich auf, der Parkettboden unter dem Teppich ist hart, meine Glieder haben zu schmerzen begonnen, so dass ich nun sitze und mich mit den Armen aufstütze. Ich hoffe, ich bin auch etwas betrunken.
»Weisst du, das mit der Schauspielausbildung wäre doch bloss eine Spinnerei gewesen, in meinem Alter. Ich war die Älteste im Vorkurs, ausserdem nicht speziell talentiert, das habe ich schon gemerkt.«

Maria will in Italien die Matura nachmachen, das sei in Italien einfacher als hier, behauptet sie, und dann werde sie studieren.
Ich schweige. Ich hätte sie nicht treffen sollen, ich hätte nach dem Restaurant nach Hause gehen sollen. Oder ich hätte vor einer halben Stunde gehen sollen.

»Ich leihe mir ein Auto aus, und dann gehen wir. Wir könnten auch ein paar Tage bei meinen Eltern verbringen.«
»Jetzt richtet ihr euch ein.«

Selbstverständlich wird Egidio gefragt haben, ob sie ihn heiraten wolle, ich höre schon die Korken des Spumante knallen im Hause de Sapio, es wird vielleicht alles noch ein gutes Ende nehmen, hat Frau de Sapio immer hoffend zu meiner Mutter gesagt, und jetzt, wie stehe ich da, vor meiner Mutter? Maria hat's geschafft, und ich bin ein Versager.
»Weiss schon jemand von deinen Plänen?«
»Meine Eltern«, sagt sie leise. »Sie wollen auch zurück.«
»Ah.«
»Aber zurück ins Dorf, in ihr Haus in Montalto. Vater wird nächstes Jahr vorzeitig pensioniert.«

Ich drehe die Musik ab.

Ohne Hintergrundmusik denke ich klarer. Jetzt nachdenken ist wie eintauchen in eiskaltes Wasser.
Andere gehen auch ins Ausland, was ist denn dabei.
Aber nicht nach Italien!
Natürlich, die Leute gehen überallhin. Sie könnte ebensogut nach Deutschland, aber Italien kennt sie besser; es ist schöner dort. Es ist schön in Italien, ich weiss das so gut wie sie.
Aber nur für Ferien. Maria wird sehen.
Woher will ich das wissen. Habe ich mal länger in Italien gelebt?

Wir sitzen eine Weile stumm nebeneinander.
»Aber du weisst, dass du nur noch als Touristin in die Schweiz kommen kannst, wenn der Ausweis C abgelaufen ist?«
»Ja, das weiss ich. Deshalb lasse ich mich hier in der Schweiz einbürgern, den Antrag habe ich schon gestellt. Ich gehe erst, wenn ich den Schweizer Pass habe, selbst wenn Egidio schon mal alleine abreisen muss.«

Maria ist schrecklich anzusehen jetzt, fremd, entstellt, ich erkenne sie nicht wieder, ohne Musik, ohne *musica leggera*. Ich muss jetzt sofort nach Hause und die alten Lieder zusammenstellen, werde ich denken. Ich bin hellwach, ich werde nicht schlafen können; ich habe Lust zu weinen, aber ich schäme mich vor Maria.

Mein Glas ist leer. Ich kriege kaum mehr Luft. »Ich muss jetzt eine Zigarette rauchen.«

»Du kannst hier rauchen, aber lieber in der Küche, in diesem Raum schlafe ich.«

»Danke. Ich kann auf der Strasse rauchen, beim Nachhausegehen.«

Ich stehe auf, und Maria steht auf.

Eine Italienerin, eine Schweizerin. Sie ist aufgewachsen mit italienischen Eltern, hat vieles getan, was vor ihr keine andere tat, ist Schweizerin geworden, ist vom Gymnasium gegangen, ist von zuhause ausgezogen, hat den Eltern Freude gemacht, Sorgen und wieder Freude. Hat mich enttäuscht, gefreut, getäuscht, enttäuscht. Hat immer wieder Dinge getan, von denen ich ihr abgeraten hätte. Sie wird es bereuen, sage ich, und nie bereut sie. Auch nicht, dass sie nach Italien gegangen sein wird, befürchte ich. Ich verstehe nicht. Ich gehe nach Hause zu den Platten und werde ein Konzert veranstalten.

Maria sieht mich an.

Weggehen von Maria muss schnell gehen, wie früher, sonst kommt man nicht weg.

Ich zögere, aber da sie auch nichts mehr sagt, wende ich mich ab, gehe in den Gang und ziehe dort meine Jacke an.

Maria ist mir gefolgt.

»Also.«

Ich öffne meine Arme, wir küssen uns zum Abschied auf die Wangen, links, rechts, links.

»Mach's gut«, sage ich.

»Bis bald«, sagt Maria, gähnt und streckt sich.

»Du bist auch müde«, sage ich. »Ist unten offen?«

Sie nickt: »Ein Schnappschloss.«

»Mach's gut«, sage ich noch einmal und öffne die Tür.

»Du auch. – Wir hören voneinander. Gell.« Sie hat die Hand kurz auf meine Schulter gelegt, dass ich noch mal zurückschaue. »*E salutami i tuoi.*«

Maria steht im Türrahmen und reibt sich die Oberarme. Das letzte Bild.

»Ja; du deine Eltern auch«, antworte ich im Treppabgehen.

»Du siehst sie vielleicht vor mir«, höre ich Maria sagen, als ich sie schon nicht mehr sehen kann.

»Und grüss schön deine Eltern.«

DISKOGRAPHIE

Nicht alle im Text erwähnten Lieder sind gegenwärtig in der Originalausgabe erhältlich (auch nicht in Italien). Deshalb ist in der folgenden Diskographie neben der Erstveröffentlichung jeweils eine im Sommer 1995 als Compact-Disc – in Fachgeschäften – erhältliche Aufnahme angegeben. Besondere (Live-)Aufnahmen, auf die der Text direkt Bezug nimmt, sind mit einem Stern (*) gekennzeichnet.

Bennato, Edoardo, *Campi Flegrei,* in Edoardo Bennato, *I buoni e i cattivi,* ed. Wiz Music/Pegaso 1974, oder Edoardo Bennato, *Edo rinnegato,* Edizioni Musicali Cinquantacinque, 1990.

Bennato, Edoardo, *Quando sarai grande,* in Edoardo Bennato, *Burattino senza fili,* Edizioni modula uno, 1977, Edoardo Bennato, *Edo rinnegato,* Edizioni Musicali Cinquantacinque, 1990.

Celentano, Adriano, *Il ragazzo della via Gluck,* Clan, 1966, siehe Adriano Celentano, *Super Best,* Clan/CGD, 1992.

Cocciante, Riccardo, *Margherita,* Delta / BMG Ariola, 1976, siehe Riccardo Cocciante, *Ancora insieme*, BMG Ariola, 1991.

Conte, Paolo, *Come Di,* in Paolo Conte, *Paolo Conte,* RCA, 1984, siehe Paolo Conte *Concerti* (*), ed. Messaggerie musicali, 1986.

Conte, Paolo, *(il nostro amico) Angiolino,* in Paolo Conte, *Un gelato al limon,* RCA, 1979, siehe Paolo Conte, *Concerti (*),* ed. Messaggerie musicali, 1986.

Cutugno, Toto, *L'italiano,* Carosello, 1983, siehe Toto Cutugno, *16 Hits,* Arcade, 1990.

Dalla, Lucio / De Gregori, Francesco, *Cosa sarà,* RCA, 1979, siehe Lucio Dalla, *Lucio Dalla,* RCA, 1979.

Dalla, Lucio, *Anna e Marco,* RCA, 1979, siehe Lucio Dalla, *Lucio Dalla,* RCA, 1979.

Daniele, Pino, *Je so' pazzo,* und *Je sto vicin'a te,* in Pino Daniele, *Nero a metà,* ed. Belriver/Emi, 1979, siehe Pino Daniele, *E sona mo'* (*), recorded live in Cava dei Tirreni on may 22/23 1993, ed. Demomusic-CGD, 1993.

Daniele, Pino, *'O scarrafone,* in Pino Daniele, *Un uomo in blues,* Demomusic-CGD, 1991, siehe Pino Daniele, *E sona mo'* (*), recorded live in Cava dei Tirreni on may 22/23 1993, ed. Demomusic-CGD, 1993.

Daniele, Pino, *Napul'è*, in Pino Daniele, *Terra mia*, Belriver/EMI, 1977, siehe Pino Daniele, *E sona mo'* (*), recorded live in Cava dei Tirreni on may 22/23 1993, ed. Demomusic-CGD, 1993.

Daniele, Pino, *Terra mia*, EMI, 1977, siehe Pino Daniele, *Terra mia*, Belriver/EMI, 1977.

De André, Fabrizio, *La canzone di Marinella*, in Fabrizio de André, *Volume III*, Belldisc, 1969, siehe Fabrizio de André, *1991 Concerti*, co-produzione Dischi Ricordi&Nuova Fonit Cetra, 1991.

De Gregori, Francesco, *Due Zingari*, in Francesco de Gregori *De Gregori*, RCA 1978, siehe Francesco de Gregori, *Niente da capire* (*) (»due zingari« registrato da un ignoto spettatore al folkstudio di Roma il 18/11/1987 su un comune registratore a cassette), Serraglio edizioni musicali/CBS, 1990.

De Gregori, Francesco, *Pablo*, RCA 1975, siehe Francesco de Gregori, *Rimmel*, RCA, 1975.

De Sio, Teresa / Trad., *Passione*, ed. Fonitcetra / Polygram, 1986, siehe Teresa de Sio, *Regina e Toledo*, ed. Fonitcetra/Polygram, 1986.

Gaber, Giorgio, *Chiedo scusa se parlo di Maria*, Curci, 1973, siehe Giorgio Gaber, *Far finta di essere sani*, registrazione effettuata alla fonorama di Milano tra il 12 e il 20 sett. 73, ed. Curci, 1973.

Lauzi, Bruno, *Onda su onda* (zur Zeit nicht erhältlich), siehe Aufnahmen von Paolo Conte: *Paolo Conte*, RCA, 1975, oder Paolo Conte, *Concerti*, ed. Messaggerie musicali, 1986.

Modugno, Domenico, *Nel blu, dipinto di blu*, Curci, 1959, siehe Domenico Modugno, *L'amore e l'allegria*, ed. Arcade/mint, 1993.

Nannini, Gianna, *America*, Jubal, 1979, siehe Gianna Nannini *California*, Jubal, 1979.

Rossi, Vasco, *Vita spericolata*, ed. Star / Targa Italiana/Curci, 1983, siehe Vasco Rossi, *Gli slogans di Blasco*, ed. Carosello Records & Tapes / dischi ricordi, 1988.

Turci, Paola, *Io e Maria*, BMG Ariola, 1993, siehe Paola Turci, *Ragazze*, ed. BMG Ariola, 1993.

Vanoni, Ornella, *Senza Fine*, Fama, 1961, siehe Ornella Vanoni / Gino Paoli, *Insieme*, ed. CGD, 1985

Venditti, Antonello, *Notte prima degli esami*, Stukas, 1984, siehe Antonello Venditti: *Da San Siro a Samarcanda – l'amore insegna gli uomini*, ed. Heinz Music, 1992.